LOCUS

LOCUS

LOCUS

LOCUS

Smile, please

Smile 159

女同志 × 務農 × 成家

泥地漬虹

陳怡如 著
編輯 連翠茉
校對 呂佳真
美術設計 許慈力

出版者：大塊文化出版股份有限公司
台北市 105 南京東路四段 25 號 11 樓
www.locuspublishing.com
讀者服務專線：0800-006689
TEL：(02) 87123898
FAX：(02) 87123897
郵撥帳號：18955675
戶名：大塊文化出版股份有限公司
e-mail:locus@locuspublishing.com
法律顧問：董安丹律師、顧慕堯律師

總經銷：大和書報圖書股份有限公司
地址：新北市新莊區五工五路 2 號
TEL：(02) 89902588 (代表號)　FAX：(02) 22901658

初版一刷：2019 年 1 月
定價：新台幣 280 元
ISBN 978-986-213-944-8 Printed in Taiwan

泥地漬虹

女同志×務農×成家

FERMENTED RAINBOWS

ILLUMINATING THE ROAD BEHIND ME

陳怡如——著

序

入甕發酵的心事

兩年前的著作《漬物語》中，我採訪了身邊的女農、漬女，描寫她們做漬物的心情故事，也在〈漬物與女人〉序裡，談及女人擁有孕育的天賦，一如作物的種子，而種子是味道的源頭，也決定了漬物的滋味。女人在遠古時代擔負採集的職責，如今的女人仍握有植物的秘密，藉由植物引菌、發酵。女人的生活周旋於他人、家庭、社會，心思細細密密，一甕甕漬物正收藏著女人的心事。

屬於我的漬物故事，有著漬物與女人之間種種的偶然及巧合，同時也擁有與眾不同的獨特，源自我身為女同志，連結我的身體、感情、務農、原生家庭、同志成家，有諸多辛酸、晦暗的記憶。

人們總是書寫食物的美好、農民的辛勞。採訪、撰稿期間，我從善如流，不敢透露自己與食物之間的那些黑暗面。但是，每當依循節氣做著漬物，嗅到的氣息、瞥見的色水、皮膚的撫觸、味蕾上的滋味，總喚起那些黑暗的記憶，排山倒海而來，像整個夏季除也除不盡的稗草。

我讀著那些深刻書寫耕作心事的文本，尋求一絲慰藉。文本的主角以婚姻建立出的家庭為核心，描寫在農田、在家庭，乃至大家族裡的田事、家事與心事，總牽動著我。可是，以異性戀家庭為藍本，始終無法引起我心中最私密的認同。如今，我們有太多機會在網路平台看見多元的家庭風貌，不再僅侷限在出版書籍上。然而，單身女同志務農就是現代女性自立自強；女同志伴侶務農，就是兩人胼手胝足，其樂融融的畫面，也無法令我獲得安慰。

十幾年前，閱讀到的第一本同志家庭繪本《Heather has Two Mothers》。作者成長於北美的猶太家庭，有感於童年接觸到的繪本，千篇一律描繪白人家庭，遍尋不著屬於她的猶太家庭認同，於是創作了這個多元家庭故事。

我心中有股熱情，想書寫自己的漬物故事。從來不擅長表達自己的我，眾人面前經常默默無語，相對的，文字讓我感覺安全又放心。可是書寫過程中，文字卻成了沈重的石頭，在回憶的海裡激起水花，潑了我一身濕。

憶起幼稚園時，班上那個害羞的男孩不敢溜下滑梯，我想方設法要他滑下來，但一等我爬上滑梯，發現他已經不在原地了。我跑來跑去遍尋不著，悻悻然回到教室，卻看見他就坐在位置上。那個不敢滑下來，後來又找到方法、自己下來的人，或許就是被困在內心幽暗之處的我吧？

喜歡上相同性別而惶惶不安的初戀；月事來潮的疲憊、掙扎，無法被馴服的野性身體；離開城市來到農村務農，卻同樣面對人生競賽的格格不入。生命不同階段接踵而來的黑暗，逐一被自己隱藏起來，視而不見。在做著漬物時，回憶揉上鹽巴，淌出疼痛的髒水，軟化了堅信不疑的承諾，等待時間醃漬入味、發酵完熟，最後嘗入口中的美味。我終於明白，是黑暗與美好的力量深化了漬物的意義，如同光與影並存的必然性。我練習著面對自己的黑暗，不為自己辯解，真實也好，誤會也罷，都是我行走於世上，映照在大地的光與影。我期待以光亮照耀他人，給出蔭下供人納涼憩息，於是有了這本書的模樣。

蘭陽平原的節氣韻律，交錯著心靈故鄉蒙古的漫漫行旅，與山林草地的野菌撒落在文字；從素日製作漬物時的感官體察作引，以筆爬梳我作為一個女同志，對身體、感情、同運、務農、家庭——原生家庭與同志成家等省思，入甕發酵，漬出人間味道。

謝謝我漬物人生裡相遇的那些人。

這本書，獻給過去的、現在的我們，歲月愈陳愈香。

目次

引菌發酵

收藏

大地

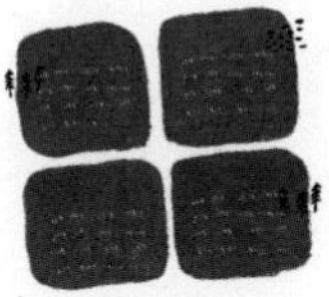

我多愁善感的身體

洛神在春天種下，同年秋天就會開花結果。
它深具野性，不挑土，一簇一簇生長、拔高，
呼朋引伴遍地蔓延，結實纍纍。
那個年紀、那個時候，
我的身體就是那一年一季綻放的洛神葵，
任憑青春滋養成嬌豔飽滿的顏色與形象。

最近，我確定自己不會是孕育孩子、具有無限彈性與能量的身體了。因此，夢裡三番兩次出現女同志友人有了身孕的情境，像是加強我意識到自己不會有的狀況。但八年前，根本不是這樣的。二十八歲的時候，不知被誰擺了時鐘在肚腹裡，滴答滴答的聲響清晰得不得了。時鐘在我肚腹裡響了四年，提醒我趁著有氣力養育孩子時趕快生產。那段時光我確實很想要孕育一個孩子，經常幻想未來帶著他上街倡議同志運動的景象。

我認識好些想生育孩子的女同志，我們也不缺方法：買精子、找精子、透過國內非法人工生殖或國外合法人工生殖，都有機會擁有孩子。但像我，缺的就是堅決、機運和金錢，而想順其自然，除非和男人發生性關係，否則根本沒有生孩子的可能。再來，我一直沒有遇上同樣想要孩子的另一半。當然也是因為我沒有條件中的「堅決」，沒有以此為擇偶標準。最後金錢這一項，則幾乎可以推翻上述的所有條件，光是想到花錢買精子、做人工生殖，就不是我這低薪窮忙族能夠負擔的。總之，生孩子這件事就此擱置了下來。

雖沒成為母親的身體，我卻流露著滿滿的母愛的、圓潤的、厚實的力量，就在我種田之後。不過，卻遭母親嫌棄。一開始做假日農夫時，母親嚴厲提醒我務必做好防曬，戴上花布斗笠，遮蔽口鼻、穿長袖上衣與長褲、搽防曬乳，她甚至同時為我備妥多頂斗笠、多副袖套，充分展現母愛。我原本乖乖照做，幾年過去，防曬措施皆已揚棄。從此每當回到老家，母親見到我黝黑的臉龐就搖頭。她拍打我結實的臂膀和大腿，嘲笑我像牛一樣壯碩。對照做過百貨公司櫃姐的姐姐，即使生了兩個孩子，依然纖細的身材，活脫脫還是少女，反而我更像是個母親。

在母親眼裡，我的身體背離一個常規女孩給人的印象，不夠苗條，不夠白皙。

小時候，舅媽帶著女兒來家裡，她總是讓我和表姐妹站在一起，比較身高、比較體態。小學的我像父親一樣瘦，一雙小腿像鳥仔腳，再加上皮膚黑，感覺上比表姐妹都來得修長。母親滿意我的身高，舅媽滿意她女兒的膚色，兩方都服氣，對著我們笑。到了中學，表姐妹彷彿吃了什麼仙丹，個個乳房發育豐滿，身子也瞬間抽高了，再加上白皮膚，都成了標致的少女。再次站在一起，我瞬時被比了下去。母親便換成炫耀我的學業成績。中學時，我特別喜歡讀書，考試前夕，總調好鬧鐘抱在肚腹上，仰躺而睡，以便清晨醒來再繼續讀。母親把這當笑話說給別人聽，笑裡滿是驕傲。

母親對我的身體不再有期待，我則為了準備高中聯考，吃得多、動得少，臀部積累不少脂肪，直到進入女校的那個暑假，強迫自己遵行規訓，總算恢復如父親那樣頎長的身材。但脫離國、高中這些重視學業成績表現的階段，比如大一新生無人拘束的生活，自由自在，體重又急速上升，母親、父親再度勸我減肥，於是我不時在中正紀念堂跑步，還曾從中山北路一段徒步至七段，再加上失戀，很快又瘦了下來。總之，截至這時候，我身形的頻率隨著母親的訓誡起伏，直到種田之後，這層威力才小了下來。可能是我的心靈淬鍊得夠堅實了，不再輕易為母親的嫌惡所擊垮；又或者來到我的田地與山坳裡的住家後，母親理解這需要多少氣力承擔，多了點體諒使然。

農事勞動日復一日形塑我的模樣。日曬為我的臉龐帶來潤澤，𦍌草強壯了我的手臂，插秧讓我的骨盆硬朗，行走田土的腳掌變得厚實。日復一日，我褪去了讀書時候的身體、上班族時候的身體，也褪去了與城市女友交往時的身體。我的身體比我自己更知道要長成什麼樣，只是我的腦和心還無法企及身體已經到達的位置，總覺得它粗枝大葉，對它感到生氣、懊惱。我像母親一樣嫌惡、挑剔我的身體。把業已變化的身體硬塞進舊衣服裡，愈發覺得手臂、胸膛、臀圍的緊繃。

我確實費了些工夫接受這副農田形塑的模樣，方才把自己的靈魂安置在這個「空間」，臻至身心合一。我彷彿聽見，身體末了對著腦和心搖搖頭、嘆口氣，說：「早跟你們說了嘛，就不聽。」

「什麼時候你說了？」腦和心不服氣地回嗆身體。

「就在洛神花田裡的那一次啊！」

「那一次是很多年以前了，發生了什麼事，誰還會記得啊！」腦生氣地反駁。

「那你說說看，到底那時候你說了什麼？」溫柔的心出聲緩頰。

將近十年前，我開始在房間外的陽臺種起花草。一度乾枯的流蘇盆栽，被我擱置一角，久不再為它澆水，但翌年春天，它竟然又萌發枝芽了，教我驚詫不已。怎麼可能？只是斜灑進來的雨水，就滋潤了它，即使無人聞問，依然兀自盼望、兀自生長。幾乎同那時起，我便想從事跟生態或者農業有關的職業。一年過去，我如願了。工作的地方，不管面對哪一項事務我都是新手，策畫、領導、組織，包括接觸農田亦是。某個尋常至極的會議結束後，我們分組共乘，驅車前往鄰近的農田。那是一處即將徵收土地、建設科學園區的市郊，二期稻作才剛收成，水稻倒掛在稻田裡的竹竿上，等待風乾。洛神植栽在田邊綿延，同行的吆喝著去採擷洛神葵。

走入其間，我被洛神葵酒紅色、嬌俏的鐘狀模樣吸引。野生的洛神葉片巨大，洛神葵隱匿在層層疊疊的葉片底下，我得翻開葉片尋覓芳蹤。在一片葉子上，撞見一雙紅姬緣椿象，牠們正屁股對著屁股交配。秋光明媚地灑落，周遭滿滿神聖的金黃。向晚，採擷了豐盛的洛神葵，去籽，以熱水汆燙，和入一點鹽巴、一些糖、檸檬汁，搓揉，頃刻雙手也浸染了桃紅的汁液。

洛神在春天種下，同年秋天就會開花結果。它深具野性，不挑土，一簇一簇生長、拔高，呼朋引伴遍地蔓延，結實纍纍。那個年紀、那個時候，我的身體就是那一年一季綻放的洛神葵，任憑青春滋養成嬌豔飽滿的顏色與形象。

往往有未被採擷的洛神葵，垂掛枝頭，匿身在枝繁葉茂之中，逐地乾涸。

城市女友曾經說過，她的室友喜歡她，喜歡到褪去身上所有衣物，裸體在她面前，請求和她做愛。只有眼淚是唯一的穿戴。那種巨大的、錐心的喜歡，我可以想像。在我貪嘴吃多了洛神葵蜜餞，酸得瞇眼沁淚時。在城市女友選擇疏離我的身體，在我疲於等待她的身體時……

在感情世界裡不被青睞的身體，在母親標準裡不合格的身體，這些小小的陰影，並沒有影響我的日常，只是偶爾發作的陣痛，還堪忍耐，甚至逐漸習於為伍，成了戰友。是哪，這就是我的身體。

共同作戰是我與身體同在、合一的第一步。我覓得的解方，是秋季的紅柿子。我喜歡熟軟的紅柿，豐腴的果肉把果皮繃得緊實，吹彈欲破，這樣的果皮最嫩最薄，絲毫不澀。帶皮咬下，肥軟細緻的果肉充盈口中，吃到柿子裡一片片滑潤、清脆的果核，我總用舌頭玩弄它，感覺那彈性與觸感。

很小很小的時候，四顧無人，我會把手放在胯下之間，單單放著就安心，搔搔癢也有放空、舒適的感覺。後來，我從家中的貓狗身上發現，牠們喜歡舒坦地仰躺，敞開後腿，此時撫觸牠們的下腹，為牠們按摩臀部，牠們就樂不可支，像是得到全世界最完整的愛一般，全然地信賴與陶醉。我在我身上找到的舒服自如，就是出於這些動物本能。我愈來愈意識到自己是動物的身體，我是一頭在馴服之下仍具野性的動物。

我的母親並不喜歡小孩豢養動物。小學的一個週末，父親帶著我與姐姐，在花市買了一隻毛茸茸的小土狗回家。那個下午我簡直樂翻了，除了姐姐，我還找來家中養狗的同學商量，餵小狗吃什麼、準備狗籠、洗澡、抓蝨子。不料，母親下班回家見狀大發雷霆，無非是認為我不可能獨當一面照顧小狗，最後終將由她收拾善後。不幸，當晚小狗因腳趾陷進籠子的縫隙裡，哀號不已，接著又因為喝了鮮奶，導致腹瀉，我完全手足無措，愈加證實母親所言。第二天早上，母親把狗打包，載著我和姐姐，硬是將狗還給花市那家攤商，連錢也不要了。我一路哭出門，一路哭回家。

對於母愛發達特別想照料動物的我，豢養體型嬌小的虎皮鸚鵡，算是母親最大的讓步了。我這隻動物本身就夠她煩惱不已。高中時，突然與女友蹺課一事，曾經嚇壞了她。教官從班導和風紀股長得知，某班某同學和我無故缺席，素來兩人交情甚好，研判我們是夥同蹺課。母親被通知到校，詢問任何有關我會蹺課的理由。

那個晚上，我在平日下課的時間，忐忑地踏進家門。我沒有想像過，蹺課會引發什麼結果，以為只是在點名簿上註記「曠課」便無事了。我不知道母親獨自經歷了教官的恐嚇，我和同學有可能都必須轉學。我想像母親放下電話出門時的憂心忡忡，在家事中弄亂的頭髮都來不及梳理整齊，隨手披上那件如玩具一般紅通通、在冷天裡都嫌刺眼的廉價人造纖維外套。母親皺起額頭時，特別顯老，那天的她，在同學眼裡會是如何？

「她們可能是同性戀。」女友的父親打電話來告訴母親。

母親從沒想過有一天有人會這樣敘述她的女兒。約莫像我現在對著家裡老是咬壞拖鞋、毛巾、工作手套的狗生氣，不知如何是好，不知這毛孩子心裡想什麼、缺什麼，那時的母親一定也不明白為什麼我這頭溫馴的動物開始使壞了。

「你是同性戀嗎？」母親嚴肅地問。

我搖頭。

洛神花田

月事來潮，翻來覆去的夜裡總弄髒了床單，又或者血漬不小心沾黏在馬桶坐墊上，母親嫌髒，鄙夷的眼光裡，我更像是頭不懂處理排遺的獸。在那個課業、考試、規範、人際宛如牢籠期間，我在籠裡迴旋、打轉，唯一出口竟是生理期腹部大痛，可以請假提早回家。但某次痛得眼前一片發黑，哭坐在地上，母親不可置信地說：「有那麼痛嗎！」

後來從事與農業有關的工作，體重達到人生最高的數字，曾經的生理期疼痛、冬季手腳冰冷問題全都煙消雲散。那個數字在身體健康檢查時，會在空格加上說明，是按身高比例換算得以容許的極限，超過即為過胖，但我絲毫也不畏懼。我重視食物的來源、吃得健康，生理期或寒冬裡，不復當年女友形容的脆弱、需要保護。我「不合格」的身體找到了安適的收留。

洛神花田十年後，我落腳臺灣東南部，鄰近太平洋的山坳裡，開闢了一片小菜園，這之前，我有五年的水田經驗，第一次以打工換宿的方式為別人耕作。鐵鍬在兩年未耕耘的旱地上，敲開雜草密布的表土層，愈掘愈見深黑色的土壤。先是淺淺地掘開一層，再繼續往更深處掘去，反覆一遍一遍將鬆軟黑土翻出。即使深秋季節，藍得耀眼的天空，沒有一朵浮雲，風是靜止的，再單純的勞動，依然讓汗水濡濕了上衣。曾經我也在自己耕耘的水田和菜園上，這麼賣力，想起念及，心裡一陣翻騰。流下的淚水和額頭上的汗水，隨著鍬子的震動，滴下田土，很快又蒸發了。

深黑色的土壤完全袒露在陽光下，我為它蓋上茅草與芭蕉葉。

夜裡，我隨意敲打著頌缽，叮叮咚咚和諧的聲音撫慰人心。我聽說了，頌缽的原理是藉著與占人體百分之七十的水互相振盪、共鳴，瞭解身體的狀況，同時予以療慰。我不甚明瞭，卻在一次一次的缽音當中，想像身體裡的

水也會有滿溢、需要出口的時刻，當身體裡的液體流到腳下踩踏的土地上後，人與土地的連結才更深刻。那天，我僅僅懂得汗水與淚水，不久，我才明白糞水與血水亦然。

「肥水不落外人田」，我熟悉這句話，亦想像得出畫面。但在人生閱歷上，我從不希望這句話具體呈現。初試假日農夫，聽夥伴說繼尿液澆灌蔬菜後，想要用自己的糞便施肥，我聞之大驚，全然不敢想像與實踐，夥伴竟也就此打住。倒是自己來到東北部的山坳裡居住後，卻自然而然地以生態廁所的堆肥澆灌蔬菜與果樹園。不過，我總是先燒柴生火煮好一鍋熱水，以便稍後清洗一身糞水味。透過這樣的儀式，七年之間，我從城市的假日農夫身體，過渡到山裡農婦身體。

山裡的居所沒有任何一面鏡子，未曾為農婦身體留下見證，只有回到城市，我才能照見自己身體的模樣，白熾燈光底下尤其清晰，我對它感到陌生，卻又心生一種想跟它做愛的激情。我不禁憶及還很年輕的時候，曾旅行歐洲一個月，某日在阿爾卑斯山下的青年旅舍浴室裡，因為整片落地鏡面，正面迎接了自己的真實模樣，每日徒步十數小時鍛鍊出來的精實身體，讓我充滿愛慕，油然產生想跟它做愛的念頭。

這樣的身體已不復存在，然而心念不變。我為自己慶幸，過去身體等於不被青睞和不合格的印記，並未讓我失去對它的眷戀。眷戀，是對生的欲望。代表我熱切地活著、創造著。

我在山坳裡闢出一片菜園，種下洛神，壯碩沈重的株栽即使遭逢強風襲擊、大雨澆淋，莖部裂開、垂倒在地，卻仍然生長。洛神葵孕育著帶有皺褶的花苞，粉嫩的漸層色澤，愈往深側愈顯暗紅。

採擷下來的洛神葵，取下萼瓣，拌入糖。以少許沸水汆燙洛神葵籽，沁出黏稠的白色液體，放涼。甜漬洛神葵瓣待砂糖溶解，以果汁機打碎，接著放入鍋裡熬煮。一煮開冒泡，即拌入洛神葵籽液、少許檸檬汁，再繼續熬煮。這時候，洛神葵的色水不再如一開始的鮮紅，呈現近泥土的暗赭。整個醃漬過程，充分展現了洛神的風韻。像是一個閱歷愛情、懂得讓自己愉悅也愉悅對方、收放自如的女人。

山裡的百香果，同洛神在這個季節連袂結果。將百香果挖出橙黃包裹黑色種子的果瓤，加點檸檬汁，熬煮成醬，拌入洛神果醬一起熬煮，洛神果醬立即回春十八妙齡，妖嬌的桃紅色，甜度活潑淘氣，嘗一口，我可以完全忘記昨晚睡前來襲的負面情緒，瀟灑地開展嶄新的一天。

從事與農業相關的工作後，月經來潮的日子裡，學會用布衛生棉取代拋棄式化學纖維衛生棉。母親見過我浸泡使用過的布衛生棉，一整盆血水，讓她直呼不可思議。一直以來，她總視月事為污穢，捲起拋棄式衛生棉丟入垃圾桶，完全不讓人察覺，已經天經地義行諸幾十年了，眼前的布衛生棉喚起她年輕時親手洗滌的回憶，重蹈幾十年前的落伍事，只能再次證明女兒是頭獸。我沒將布衛生棉送上全家衣物的行列，進入洗衣機內洗滌，一律自己清洗乾淨，掛在房間陽臺晾乾。但母親儘管嘴上嫌惡，仍然手腳麻利，跑來房間搜括我穿過的衣物去洗，偶爾也包括我當天來不及洗滌的沾著血跡的布衛生棉。我不禁想像她會如何近距離看待女兒的血跡，還有逼人的血氣。

從身上卸下布衛生棉，血氣和著體溫，一股淡淡的鹹腥，有點刺鼻，但我總忍不住嗅聞，珍惜這身體的氣息，觀察那日的血色、那日的流量，敬佩它們如此新鮮與豐沛。而用水沖掉血液，浸泡在水盆裡，等待棉布中的血液都釋放出來，傾倒出的紅色血水，將流經鄰近浴室的南瓜田，順著坡勢往馬纓丹、光蠟樹、龍眼樹與竹林流去，滋養生命。

春季是蜘蛛繁殖的季節，許多早晨我會在窗台上發現一枚母蜘蛛留下的白色卵囊；一隻迷你蜘蛛熱中住在電源開關上，與我的手指玩躲迷藏。五日節前後，螳螂經日可見，接著，常常會在流理台遇見翻肚的小鍬形蟲，捏起牠放到光蠟樹幹上，不一會兒又笨拙地摔下落葉裡。這時節我聽過最可怕的昆蟲奇譚，是鐵線蟲卵寄居在螳螂腹中，孵育出來、長大後，催眠螳螂口渴，呼喚牠「去溪水邊喝水吧！」，將不諳水性的牠溺斃，然後脫離、重獲自由。但在夏季雷雨過後的積水地方，卻見著該是自由的鐵線蟲，動也不動，倒是螳螂，在夜裡奮力爬上紗門，進到我房。

猶記小學時候看過一部電影，劇情依稀說是一位婦女因為丈夫早早過世，年紀輕輕就守了寡，經年缺乏愛的體恤，身體渴望柔情的慰撫。鏡頭帶到婦女洗淨了布衛生棉，晾曬在敞開的窗台上，一隻灰黑色、彷彿椿象的昆蟲飛來——我解讀是死去丈夫，或是婦女心中愛慕的象徵，停棲在布衛生棉上，貪戀不走，吸吮棉布上的濕溽。電影的最後就停留在這一鏡頭。我記憶這個鏡頭近三十年，在第一次使用布衛生棉時回想起來，也驚訝自己孩提時就了然劇中婦女的心情。

我多愁善感的身體哪！

我的種種
不合時宜

氣味，標誌著個人食譜的領域，
不分高下，沒有人可以全然模擬，
也無法絕對佔有。
這是做漬物很久以後，我才理解的啟示。
而這之前，我一直都是個不合時宜的人。

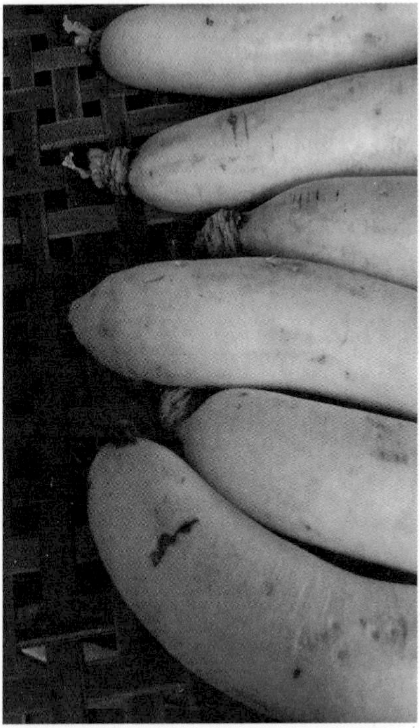

農曆年前，返回老家的途中，行經台北後火車站，到批發店採買些盛裝漬物所需的玻璃瓶，結完帳，轉身離去時，聽見老闆娘對店員說：「怎麼會有蘿蔔味道？」顯然是我轉身時，連同帶動手中那一籃醃漬白蘿蔔的氣味，被老闆娘的鼻子逮個正著。她肯定很有經驗，才能在肉眼未察的情況下，分辨得出醃蘿蔔味，而不是屁味。

起初，我也不識醃漬蘿蔔的味兒，甚至曾在顛簸的巴士上，因為突然聞到一股屁味，還猜想是隔壁座的偷放屁，嫌惡地順手拿起圍巾掩住口鼻，豈料是發自腳邊自己那筐白蘿蔔！

醃漬白蘿蔔得挑外表細緻白嫩的蘿蔔，才能爽脆好吃。連皮切片、鹽醃，壓上大石頭等重物瀝水兩晚，倒掉水，再重複一次鹽醃、重壓、瀝水、過夜。因為製作過程費時多日，農曆新年返鄉，只好連同醃漬到一半的白蘿蔔帶回老家。白蘿蔔壓出水分後，需要不時為它翻面，讓它充分享受日光浴。經過一整個白晝的馬殺雞，白蘿蔔的臭味就會消失無蹤，轉為清甜的香氣。最後調味鹽巴、砂糖、辣椒絲，密密塞入罐中，冷藏保存數日。老家的樓頂日光充足，但我仍然照著宜蘭方式醃漬白蘿蔔。在宜蘭，「菜頭籠仔」醃漬過程形同製作菜脯，但是少了日曬太陽這個環節，完全是因應宜蘭秋冬多雨的變通，緊緊塞入瓶罐，則是減少空氣作用的最佳防腐方法。

在宜蘭務農之後，我變得很臭，但久聞不覺其臭，臭，都是別人告訴我的。我還被說身上有狗的氣味。雨天和冬天，我的狗總是窩在房裡不大外出，夜裡，我也習慣靜靜尋找狗的氣息，才能安心睡去。認識的小孩則說我的身體有草的味道，聽起來好多了，我寧可像一株植物。每到夏天，趁著宜蘭日頭最旺盛的時節，我採擷埔姜、艾草、檸檬馬鞭草等日曬至乾，做成香包，儲藏在衣櫃裡；夏日焚燒艾草驅蟲，秋冬點燃艾條祛除濕氣……衣物與身體終日和植物為伍，我簡直是從野草堆裡走出來的人。務農曬黑的膚色，加上闊臉、一身布衣，還有人以為我來自大漠。

旅行中戈壁時，戈壁上的風有熟悉的家鄉氣息，像艾草、似茼蒿，原來來自岩壁上一小欉一小欉的植物。我採擷一些，和其他花草做成花束，帶回去給鬧肚子疼的旅伴。第二天，旅伴康復不少，於是託司機大叔開吉普車載她們回到那片岩壁前。司機話不多，與我們語言不通，我們卻相互交換著自己所來之處的故事，關於植物，關於一首首歌曲。我們試吃他採集的植物，學舌植物的蒙古名字；車上，他唱一首蒙古歌，我們回應一首中文歌。

那段期間，乾燥的氣候、珍貴的水資源，我往往不用也不能日日沐浴，卻也不覺得身體氣味格格不入。對不愛天天洗澡的我來說，著實大快人心。

哪個孩子愛洗澡、洗頭的？光是水流進眼睛裡就哇哇叫，愈長愈大，愛美、愛乾淨，天天洗澡，常常洗頭，那不是喜愛這，而是社會的約束。務農之後，我曾經彷彿又變回那個不愛洗澡、洗頭的孩子。農忙的日子，我曾在插秧時節連著三天沒洗澡，又溼又冷的春天，加上勞動結束又餓又累，況且翌日一大早又要下田，索性就不洗了！直到習慣農忙的節奏，才發現辛勤過後，以熱水徹底洗淨、放鬆，才真覺得日子是盡心盡力地過呢。

可母親不這麼想，前女友也不這麼想，她們每天奉行著沐浴更衣才上床睡覺的鐵律。母親老說我身上有味道。

「有嗎？」我舉起臂膀，用力地嗅聞，「我洗過澡才回家的。」

也許因為那個早上我才清理過生態廁所的堆肥，或者下田修補田埂破洞，或者除草。

「不是汗味。反正就是有一股味道。」母親篤定地結論。

土味，我想到了。那年我組織一個以同志家庭為創作題材的繪本工作坊，插畫家老師看著我的畫說「你的畫有土味」。我下意識覺得羞赧，土，多不上道啊，看看周邊夥伴的畫，多精緻！不料老師又加以解釋：「你不是在種田嗎？」我更覺羞赧了，種田的人竟對「土」反感!?

我的畫，就像我行過水田，雨鞋上的泥巴、土漿，顏色全糊成一團；大大的字橫七豎八宛如生長太過的稗草和除之不盡的水丁香。我的田土又肥又厚又臭，一踩下去直沒腿肚，下田回來，不僅渾身臭氣，連衣服都給染黑了。但田的臭愈濃愈好，代表微生物菌在發酵。我種田也是為了養身上的菌相，做漬物時最得力的天然野生菌。如此說來，我身上的土味就是菌味？

每個人製作出來的麴菌，氣味都不相同。教我製作米麴的W大姐，一回興匆匆地拿著已然發酵完成，並且清洗、日曬乾燥的米麴成品來向我現寶。W大姐的米麴，色水呈現棕黃，少數偏深褐，氣息馥郁，有如豔陽照拂，一如她的個性，坦率、大方、母性強大。我的米麴則是小家碧玉的淡黃，氣味淡雅，有若野花，像極我的內斂、恬淡、放不開。來到農村，我幾乎是一年一搬家，年年發酵的環境條件不一，氣候也各異，但做出來的米麴皆如此，可謂天注定。

有一回，幾個小農共同習作米麴和味噌。有我小家碧玉的米麴，以及一位男士用碾米剩下的碎米發酵的米麴——勤儉持家的甘甜，再加上友人購自日本、充滿花果香的米麴。三組小農，按自己喜好的比率混搭三款米麴，將煮好的黑豆打碎成泥，加入鹽，和進米麴，使勁揉搓均勻，捏成味噌團，甩至容器內，將容器填滿，鋪上一層塑膠袋，倒扣瓷盤覆蓋，壓上重石。我們約好三個月後再來開封品嘗。

那是寒流來襲的一月，我們預備了火鍋以迎接味噌開封。拿起瓷盤，翻開塑膠袋，上面一層白色菌膜，是與空氣接觸，發酵過快的痕跡，除去菌膜，就見深棕、油亮的黑豆味噌。相同比率的黑豆、鹽巴，調配不同比率的米麴，

我們彼此做出來的黑豆味噌。都有著和那人個性一樣的氣味，不管沈穩的，愉悅的、活潑的，都好極了，大家也都特別滿意自己那一甕的味道。氣味，標誌著個人食譜的領域，不分高下，沒有人可以全然模擬，也無法絕對占有。這是做漬物很久以後，我才理解的啟示。而這之前，我一直都是個不合時宜的人。

小學開學第一天，不管我全身長滿了水痘，父母硬是帶著我出席開學典禮。我是同年級最晚出生的，卻長得比較高，因此坐在教室最後方，穿著一身白色洋裝，手臂上的水痘益發顯醜。我的頭髮自然鬈，而且愈長愈厚愈蓬，總羨慕第一排那個嬌小纖細、髮質細柔且烏黑的女孩。高中時，聽聞用避孕藥磨成粉加入洗髮精，可以把頭髮洗直，我毫不遲疑地走進藥局。

「我要買避孕藥。」

「做什麼用？」藥劑師發揮鄰里守望相助的古道熱腸。

「沒有。」我這才察覺買避孕藥的不妥。

「一盒？」藥劑師從櫃子裡拿出藥，放在桌上。

比起對藥劑師的失守，我更多的是竊喜，頭髮可以變直了！不幸的是，愈洗愈乾燥，一發不可收拾地蓬，有位同學甚至丟下一句：「好想把你的頭髮一把剪掉。」除了頭髮，還有同學說：「你的牙齒好像南瓜人喔！」說完笑聲朗朗。多年後，偶然看到一部《門牙有縫的女人》紀錄片，內容引述中古世紀至當代，對門牙之間齒縫較大的女人的各種說法。比如，西非的甘比亞稱此為「上帝的通道」，象徵智慧；一幅中古世紀的雕刻，騎馬的女人走在一群聖者前方，說明當時門牙有縫意味著具有愛好旅行和色情的天性。

智慧、愛好旅行和色情，我欣然接受這禮讚。

我和女友在十七歲第一次自助旅行，地點選在我從未到過的宜花東。在那之前，由於我和女友連袂蹺課，曾引起風波，女友的父親告訴我母親，有兩個同性戀的北一女同學跑到宜蘭的旅館自殺。經母親轉述，輔導室老師曾請父親提防我可能自殺，我聽得心驚膽戰。母親難免也憂心忡忡，不過並沒有阻止我，而是聯繫了見多識廣的阿姨，建議我們捨去長途搭車的勞苦，直達宜蘭目的地；父親把他的大哥大給我隨身攜帶，說好每天要聯繫平安；女友的父親則是記住旅館電話，每日打來關心，且要女友留下旅行行程，說是將來可以照著玩一趟，其實我們都知道那是溫柔的擔心。

高中畢業前夕，已經推甄上大學的同學，熱心舉辦了同樂會，讓大家從一場接一場總複習模擬考抽離出來，得以放鬆。過程中還安排惜別分享，大家輪流上臺說說畢業心情。有人演唱當時最熱門的八點檔主題曲〈飛龍在天〉；有人好康道相報，說吃了哪家店的雜糧饅頭就不會便秘；有人正經八百向國父暨先總統蔣公遺像行三鞠躬，只因為大學教室不會再掛有遺像了；

也有同學嬌羞的向男友告白……當時的我正值青春期的憂鬱，加上為賦新辭強說愁，一上臺，鼻頭一酸，哭著就說：「我覺得自己跟別人不一樣，很難過。其實，我也跟別人一樣。」據說之後上臺的同學也都哭著分享。

當網路的便捷還未普及到我的高中生活時，我對同性戀方面的資訊幾乎無知。我看過《藍調石牆T》這本書和電影《男孩別哭》，承載了太多悲情；和女朋友經常為了不確定的未來，包括她想像我會移情別戀男生而吵架；敏感於長輩、同學與社會對同性戀的異樣眼光等，或彆扭或感傷，終日哭哭啼啼。

十七歲的旅行適逢陰雨綿綿的春天，十幾年後，在春耕前遷居宜蘭時，喚起我對細雨的鄉愁。宜蘭已經變了很多，但也有不變的——雨一直都在。雨水剛落下，尚未濕透的土地會有一股乾爽的氣息，像情人身上洗淨、日曬過的白襯衫味道。

野生女人味

雨水將各種氣味裹藏起來，埋在曬不乾的衣物上，潛入體內積累為鼻水，遮蔽鼻孔上方濕潤的嗅覺區，偶爾聞不到雨水以外的氣味。

嗅覺牽動著味覺的感受，嗅覺一失靈，便不易嘗出食物的滋味，爾後我更聽說，如果嗅覺不好，人會跟著盲從，嗅不出與自己氣味相同的夥伴，如人所說的「同氣相投」。這是身為動物具有的本能，雖然人類發展出高度的智慧與文明，興趣、理想、愛情、利益，也促成人類互稱同伴，並肩而行的理由，但以氣味標誌連結一個社群、一個家族，這種自然的天生能力始終存在。

大學時期，我驕傲且孤僻，源自於我是個想保護內在同性戀身分的膽小鬼。我一直在自我認同上單打獨鬥，沒有朋友，我就與書香、學術研究為伴。

「女書店」是我的第一個朝聖地；性別研討會與ＢＢＳ上的拉子論壇是我的指引，好些年後，我終於成了具有正向認同的健康女同志，並且投入同志運動。同運夥伴的菸不離手，Ｔ吧裡終年煙霧繚繞，每每結束聚會，我也一身菸味。那時候，我甚至依賴著這氣味而渾然未覺，某次前往東京旅行，踏上銀座的街道，對於太過潔淨的空氣，竟然感到不適，立即走入一間直覺會有菸味的小酒館，恢復我所熟悉的呼吸。

初來乍到友善農耕的小圈子，往來的都是年齡相仿的小農，我還沒染上他們所屬的氣息。我察覺，如果不自主管理一塊水田，沒有與他們相同種植經驗可供對話，不會有人理會我。接手了一塊水田，獨力照顧它，歷經大家經歷的過程，我終於掌握了交流的語彙，問候彼此打田、插秧、收割的時間，收割的產量。經日徒手撿拾福壽螺，我終於沾染這難聞的臭腥，得與小農圈子臭氣相投。

我急於讓人認同，免除我不合時宜的自卑。但我仍然不具備秀異的農耕技術和農業觀點，眾人忙碌於此，永遠不缺看秀的機會。農村太寂寥了，我的不合時宜相形過於喧囂。

離開小農圈，我渾身徹頭徹尾沒有氣味。在租屋院落裡植滿盆栽，以乾燥花草布置室內，讓植物氣息充盈房舍。我做漬物，更開始養菌。肉眼見不著菌，卻能想像菌絲張牙舞爪，飄揚空中。每個早晨，我搖晃玻璃甕裡的水果酒；偶爾打開瓶蓋，讓酒香逸出，瀰漫我的發酵室。

有個夢境反覆在我的青春期出現。我從學校返家的途中，一路上的路燈壞了，一片漆黑。我小心翼翼地騎著腳踏車，夢裡滿是害怕。那時老家巷口有個超大的水溝，沒有覆蓋，位置也不邊緣，開車、走路一不察，很可能就跌落進去，但從未聽過發生這樣的事。我不相信，很害怕自己會摔落。據說阿嬤將私房錢藏在大水溝的草叢裡，我想像她穿著貼身薄衣，看得見豐滿且下垂的乳房，爬進大水溝裡去……她是一個精神略有異常、但身體格外強健的女人，舉止經常脫序，多次跌倒損傷卻都死不了。她的時間是靜止的。

阿公和阿嬤住在一起，就在老家隔壁的一棟矮房子裡。阿公省電、省錢不開燈，屋內總是漆黑一片，只有神龕上兩盞桃紅燈泡露出慘淡光芒。阿公酷嗜喝酒，因此房子裡酒氣濃厚，還夾雜尿壺飄散出來的尿騷味。

一個秋天夜裡，摸黑打開大門的瞬間，我聞到草本清新的前香，中段來自醬冬瓜熟成的酒氣，後段是搖著尾巴前來迎接的狗味。瞬時我聞到了阿公家的氣味。難道我也已經有了阿嬤那般野生的氣質？

中戈壁的游牧人家，屋裡各種物件充斥著動物的氣息。躺在地毯上，有如被動物守護，我睡得格外深沈。午睡醒來，女主人向我們展示她精心日曬乾燥的羊肉乾，放入搗臼搗成碎末，加入粥湯裡。這是一鍋水比米多上許多，米心也未熟，十分粗糲的食物，充滿野性的風味。

首都烏蘭巴托郊區的老媽媽家，一棟棟高樓就像樂高玩具一樣，除了顏色變化外，缺乏個性，建築風格深受蘇聯式共同公寓影響。老媽媽端出熱騰騰的羊肉小籠包、入口即化的白粥，精緻了許多，挽回我對蒙古飲食的刻板印象。老媽媽把家布置得富麗堂皇，地板、牆壁都鋪上了飾有大紅大紫花卉的地毯，周遭散發著薰香。最後她端出自家做的馬奶酒，喝下第一口，同行的友人就掩嘴笑開，直呼不堪這濃厚的酒氣。飽餐一頓後，我們將驅車前往東方省，老媽媽輕擁著我們，將鼻子湊近每個人的右臉頰，用蒙古語說巴呀詩太，再見。她依循蒙古人自古以來的慣習，讓去到遠方的人記住自己的氣味，提醒他們有一天要循著氣味回家。

那個曾在東方省草原上被敵人追趕的男人鐵木真，與母親、手足離散前，母親一定也曾這樣嗅聞他的臉頰。母親身上也有馬奶酒的氣息吧，所以鐵木真循著馬奶酒的味道找到救命恩人，最後與母親和手足團圓。

漬物的氣味劃出一個社群、一個家庭、一種同氣相投，於是，春天不能沒有醃臭瓜的嗆；夏天不能沒有米麴的清；秋天不能沒有醬冬瓜的醇；冬天也不能沒有酸白菜的酸。四季以漬物定位，遂能日常安定。所以，醃漬了白蘿蔔，我會開始期待它臭屁沖天的那一刻，這是屁味菜頭籠仔的幽默，讓我領會，笑談過去的種種不合時宜。

花與果

流浪的孩子

我在各方面醞釀母親的模樣，
且渴望成為母親，
卻因為女同志身分，
這顆種子在母親這條路上，
一直流浪。

秋颱暴雨，女同志友人A排除萬難前往大阪做人工生殖。打從A提起要進行人工生殖，我便經常胎夢。我總告訴她夢裡出現了些什麼，儘管彼此都不相信，但還是想抓住些蛛絲馬跡，以為慰藉。她說，近四十歲了，更得好好努力。A一直想生孩子，十幾年前便組織了網路社群，連結島上若干養兒育女多年的同志家庭。我也是從那時開始和A等人一起從事同志運動，記錄這些故事。

我們初時探討同志社群中的「邊緣議題」，諸如同志的老年，意外地發現中壯年女同志多數曾走入傳統婚姻，或正在婚姻當中，且都身為人母。於是，探究的課題改為女同志的母職。女同志母親，比我們想像的多，樣貌也多元豐富。除了自然受孕一途，從熟識的男人取得精子，經由醫生進行人工生殖是廣被採行的方式，但這在島上是非法舉措，施行對象僅限不孕夫妻，因此也有與男同志協議結婚，順理成章進行手術，再不然就是遠赴國外求醫。

和夥伴們在電子報上報導同志成家故事之餘，也開始了分享講座，女同志母職躍然同運。來者多半是和我們同年紀的年輕女同志，大家共通的課題都是想成為母親卻無從著力。我們也因此累積許多實際案例的資訊，編寫成冊，頗有七〇年代西方同志運動方興未艾，大力倡議同志生殖權之勢。

友人翻譯在家受孕的步驟：算好排卵期，在取得新鮮的精子後，用滴管吸取精子，注射入陰道內，臀部墊高，姿勢維持一段時間，好讓精子順利進入陰道，與卵子結合……戲稱生孩子同上便利商店一樣方便。有一回，赴南部醫院，與同運夥伴輪流照顧產後的女同志媽媽。說是按著在家受孕的步驟，成功懷胎的，事後卻謠傳實情是和男人生的孩子。當人工生殖成了同志母職的主流訴求，為了迎合同儕而隱瞞實情，不免也透露同志無法自然成為母親的無奈。我也因甚少聽聞有人實際履行，當作只是玩笑，從不敢輕言嘗試。

不過，女同志成為母親雖非易如反掌，但畢竟具有子宮這生產的天賦，還是略勝男同志一籌。男人無法懷孕，代理孕母又牽涉繁複，每每聽男同志求子經歷，簡直像天方夜譚。

記得自己組織同志家庭繪本工作坊時，曾接受廣播節目採訪，談起同志想要孩子的議題，我激動到泣不成聲，一度停頓訪問。幸好，堅強同志多得是。繪本工作坊結束後，兩對女同志伴侶接連生下孩子。早些時候，她們就對生養孩子有備而來，還畫下繪本為未來的孩子當同志教育。她們從美國買得精子，在泰國做合法人工生殖，而且一試再試。單單取精過程，就夠折騰女同志了，但有了孩子，面臨的挑戰更嚴峻。非生母的一方，與伴侶、孩子即便愛得深切，卻在醫療與法律體系上不被認可，深有被排除在外的焦慮。N跟我說過，她和女友分手後，連帶也跟孩子失去連結，明明感情那麼好，那種失落她獨自消受了好些年。

想生孩子的難處、有了孩子的掛慮、離開孩子的失落，這些無數想要孩子的同志心情，就在當年受訪的那一刻匯聚成一片厚重的雲層，然後以滂沱大雨落在那間冷灰色調、過大麥克風與耳機等營造異次元空間感的錄音室裡。

雨過就會天青，半農半X生活後的某天，女同志友人Y捎來訊息，說她有了孩子。Y想要生育好多年了，藉醫學院工作之便，終於順利懷孕，並且生下女兒。我擱下農忙，帶著送給這對母女的繪本前去探望，見她神采奕奕的模樣，還是覺得有些不真實。

Y的原生家庭支持她、共同協力養育她的女兒，她才能這樣一派泰然自若。那一天，一手抱起孩子，在胸前哺育。即使有著脹奶的乳房、圓潤的下盤，種種女性產後的特徵，但渾身仍然散發著中性氣質，大剌剌地走路、說話。我想到多年前讀到的一篇文章，一位親餵母乳的T說，哺乳是件非常帥氣的事，嬰兒咬齧乳頭更有性快感。

「你還想要小孩嗎？要趁早，年紀很重要，影響人工受孕機率啊！」Y劈頭就問。

立秋了，蘭陽平原上的陽光就要轉弱，再不適宜製作漬物。是啊，時光只能把握，而我更明白，一年一年蹉跎，慢慢就會提不起勁。

那些年和我一起做同運的夥伴，都紛紛置產，買下城市裡的樓層，也用人工生殖生了孩子，組成家庭。反倒是我，還在人生路上流浪，心裡清楚，自己不會住在城市的公寓，也不會赴國外人工生殖。

成家方式百百款，想赴國外人工生殖者，無非也考量不會有生父搶奪監護權的風險。儘管如此，我傾向由熟人當中評估合適精子來源，從務農的男同志、溫文儒雅的異性戀同學，到性別友善的雙性戀同事。其中沒有浪漫愛的憧憬，完全出自動物繁衍下一代的本能。不過，真正開口問過的，僅僅雙性戀同事，他一口答應，但後來被老家親戚一再催婚，終究邁入婚姻，我也不便央求他了，只能怪自己沒下定決心。

同志領養兒女，當然也是一途。早年社工單位對同志社群不理解，或存有偏見，同志幾乎難以出櫃順利領養孩子。如今，出櫃同志領養孩子的案例，開始在同運話題裡浮現了。

愈趨近不惑之年，人工生殖的成功機率愈逐年下降，也因為相信自己有朝一日會成為母親，我不排除領養可以是將來的選項。母愛氾濫如我，不用可惜了，而我究竟何時起，開始嚮往成為母親的？

和初戀女友交往後，經常想起孩提時，那個安靜、羞怯、安分、仰看母親臉色的我。有生之年，第一次有人這麼深切地理解我躲藏在心裡的童年。相較女友的童年，我簡直小巫見大巫。母親對她管教嚴厲，缺乏柔情，到了青春期，父母關係惡化，因為父女情深，母親連帶對她苛刻，而她也埋怨母親偏袒兄長。她收藏幾張母親的照片，她的臉龐雖酷似父親，但細究五官還是像母親多一些，因此每每攬鏡自照，更提醒她盼望不到的母愛。我們的感情，在她恐懼被母親發現之下滋長。她的父親防衛得緊，極力與我母親聯繫，希望阻止這樁情事，但愈受阻撓的愛，燃燒得愈熱烈。我的溫軟包容，是她孺慕許久的母愛，倘若不如她意，就會挑起她的童年創傷，難免引發口角。與她交往愈久，變得愈渴望成為母親，保護我倆心中受傷的孩子，但她甘於當個像孩子的情人，不要生孩子。

離家求學後，她更少回家，農曆過年編盡理由留在異鄉。她思慕外婆做的客家粄粿，我年復一年從家鄉帶替代品給她。那時的願望，就是帶她回我家過年。後來的確這麼做了，家人也不若想像中排斥，逐年熟悉我和女友回家過年一事。但這點在她家，仍然行不通。而她對我母性的依賴，終還是抵不過她對自己母親的想望，幾年之後，流言傳到她母親耳裡，女友以此為由，向我提出分手。我濫觴的母性，卻讓我繼續懷抱著當母親的期待，尤其遇見氣質相近的孩子時，更加信念堅定。

我在心靈故鄉蒙古，遇過幾個這樣的孩子。

那年從烏蘭巴托前往中戈壁的途中，在中繼站休憩時，見著一戶剛遷入該區的人家，在地上畫出了圓形的紅線，家具沿著紅線擺成一圈，蒙古包的木製棚架與毛氈帳幕擱在一旁的勒勒車上。等家具定位了，成菱格狀的木製棚架就會沿著紅線圍成一圈，然後覆蓋上毛氈帳幕，再以粗麻繩緊緊綁縛。蒙古包沒有窗，僅有一門供人進出，夏日，將毛氈帳幕掀開，就有自然涼風；冬天，則緊閉，溫暖。完全不同於我們把家具一一搬進建築內的習慣。「原來也有這樣搬家的啊！」我暗自驚呼，巴士繼續行駛了，仍想著這戶人家。

此後，路上又瞥見遺留在草原上的紅色圓線。兩個大大的紅圓圈相距不

遠，想來是人口數稍多的民家，大概才搬沒多久，紅線內的青草，清晰可見被長期壓過的稀疏、貧瘠，不若圈外的鬱鬱蓊蓊。

農曆八月，北方的秋意來得早，秋風拂過，遍地侯莫詩開著小巧的紫花、白花，迎風搖曳。侯莫詩是蒙古語，同行的中國友人說，在她故鄉這植物叫作沙蔥。在草原谷地，相遇老婆婆帶著孫子、孫女採集沙蔥。我們趨向前，也想幫忙採集。我採集好些細長、管狀的綠色沙蔥，交給一個臉頰紅撲撲、眼神清純的女孩。男孩同樣約莫小學年紀，突然跳上不遠處的打檔車上，站著騎了一圈又一圈，現寶似的。表演後，心滿意足地蹲回草地上採集。

那天住進逐水草而居的牧民家，牧民家裡的四個孩子，小女兒主動撒嬌，纏在身邊教我玩各式遊戲，和我兒時的遊戲相去不遠。小兒子拿出自己做的玩具，一個木片組合而成的房子，是水泥建築的形式，圓嘟嘟的嘴，囁嚅著他不熟悉的語言，說著喜歡上學、讀書。大兒子進入青春期了，全然沒興趣纏著客人的把戲。二女兒則透露出我相識的氣質，想要加入團體，但又羞澀、又桀驁，躲在一旁偷看，眼神卻充滿希望被看見，令我想起童年時以及長大後的自己，既喜歡又近鄉情怯。

我默默注視她幫媽媽做各種家事，從十數隻的駱駝裡，把個頭高上她許多、坐臥在地的駱駝孩子費力拉起，牽引到牠的母親身旁。孩子在身旁，母駱駝更加順利泌乳，牧民家女主人一一從母駱駝身上擠奶。

在高原上，我鍾愛觀察孩子與父母的互動，孩子幫著長輩分擔家事的情景。全家人沉浸在同一件家事中，散發質樸單純的快樂。這是我渴望的家，在與植物、動物相伴的純樸勞動中，盡心盡力過一天。

迎來了晚餐，女主人端出和著切丁的沙蔥，油煎而成的煎餅。嘗了一口，味道似曾相識。更早以前，在往另一片高原途中，和偶然同行的旅伴在小吃店分食一盤羊肉，佐料的深綠色醬料，想來就是沙蔥製成的青醬。多年後，沙蔥以不同姿態出現面前，我在吃進身體，藉由味蕾、鼻息，認出了它，現在還連結了祖孫三人採集沙蔥的畫面，刻入記憶。

我懷抱著高原上的回憶，在山坳的住家做青醬。山坳裡的野生香椿，原本落光一身枝葉，某日突然吐露赭紅色的嫩芽，預示夏天到來了。採摘香椿嫩葉，製作青醬，見九層塔長得茂盛，收成最好，也混合了進去，正好鎮住漫無邊際、不修邊幅的香椿，搭配遠方來的橄欖油與堅果，再加上大蒜、海鹽，這樣的青醬，混合西式食譜、本地當令食材，自成一格。

夏天的青醬，秋天的豆腐乳、柚子酒，冬天的洛神蜜餞、蝶豆花酒，春天的桑椹酒，一年四季，漬物的色水可以排列成彩虹。但我從來不知道哪個缺一不可，直到某日在畫室畫水彩，老師要我畫出彩虹，空下綠色。

「沒有綠色的彩虹，有什麼感受？」

我盯著畫半晌，感覺胸臆間一陣悶窒，緩緩說：「少了安定感，像雙腳沒有著地。」

接著，我在空白處畫上了綠色。

「有了綠色之後，感受到什麼？」

「覺得身體安定了下來，能夠好好呼吸，是活著的生命。」

彩虹物件出現在身邊，是從參與同運開始的。總有志工時興做些彩虹串珠手鍊，給大家在同志大遊行時佩戴。中國的女同志幹部培訓營上，認識的北京女同志也請媽媽、姥姥勾織彩虹手套、圍巾等，大媽們壓根兒不知道彩虹對同志的意義是啥，直誇顏色好看，熱中代工，單純想讓女孩兒戴著漂亮。

離開同運好一段時間了，那些彩虹物件隨著一次次搬家清理掉了。但，於我，彩虹早已內化在我生命裡，在節氣做著漬物的色水裡，也在日常想起同運夥伴的牽掛裡。

每一個同志，都是原生家庭裡流浪的孩子，不得不因為追尋認同而離家，卻又心心念念得到家人的理解回家。但社會不僅難以普遍包容這些差異，不見容同志的婚姻權，更不樂見同志的生殖權，最感到傷心的，對峙言論的傷害之外，偏見與歧視讓自己回家的路愈來愈難走。一場一場同志運動，其實是為了找到回家的方式。幸運的我，得到原生家庭的理解包容，但仍要為自己理想的成家奮力。

我終於走到年輕時擔憂的中年，但一點也沒有當年想像的茫然、不知所措。除了同志運動已經給了我堅強的力量，還有無常人生裡，安定人心的「不變」，亦如愛。十七歲蹺課的那個夜裡，女友打電話給我母親，請母親不要責怪我，面對各種流言蜚語，初戀的銘心刻骨，被愛與付出的愛，讓我成了心底有溫柔的人，足以讓貧窮的一身亦給得起豐饒的愛。

我記著大漠女孩的眼神，更會憶起那片廣袤的草原，每每胸臆之間就此舒緩穩定下來。不變的價值，就像草原上的紅線圈圈，人遷離，被壓毀、磨平的草會再長出來，覆蓋住紅圈，但只要念及想起，家就在那兒，初心也在那兒。有了這些不變，任憑青春逝去、身體衰老、人生離別，依然安定自在。

離家種田，回家做漬物

我與同是女同志的務農夥伴「成家」而「離家」，
說起來也像「出嫁」離家，
和過往的離家心情截然不同。
成家，意味自己與原生家庭的連結，
被自己與對象的連結所取代，
甚至某些鏈接的零件掉落了，
儘管掉落的聲音微小得只有我聽得見。

年初，父親賣掉了我從小住到大的四層樓透天厝，舉家搬到鄰近新興的電梯大樓。孩提時，身邊的同學多半有搬家經驗，讓我好生羨慕，心想要是能搬進公寓多好，可以從陽臺鳥瞰街上動靜，夜裡可以眺望遠處萬家燈火。三十幾年過去，兒時願望實現了，但對此時此刻的我而言，已不再是美夢成真。

居住空間從四層樓的透天厝，縮小到一層樓的公寓。母親的廚房只容旋馬，而喜歡囤積物件的習慣依然故我，進出廚房外的陽臺，被紙箱等她認為將來有用的各種雜物塞得窒礙難行。而狹長的陽臺，也嫌日照不足，夏天，娘仔瓜大出，母親把瓜放出去日曬，打電話要我留些今年做的米麴給她，好做醃瓜，過了兩天，又氣呼呼說不用留了，瓜根本曬不乾。

母親因為漬物不成而生氣，並非第一次。童年曾經見她在透天厝頂樓曬菜脯，白白的菜脯躺在地上，我一時興起赤腳踩踏，享受腳掌下菜脯吸收一整天日頭的溫熱，軟軟的觸感，母親見狀趕來，打了我蘿蔔腿出氣。

那個母親種植許多盆栽的頂樓陽臺，我喜歡在風和日麗的天氣裡，陪母親晾曬衣服，屋後客雅溪吹來的風有茉莉花香，母親摘了一朵盛開的茉莉，別在我的耳畔。溪邊的風也把家裡迎風面的玻璃窗子吹得響亮。

其實還沒等到老家搬家，我就已實現了兒時的夢想。那個二月初的冷天裡，由前同事幫忙開小貨車載運家具。前同事是位男士，看著同事和父母寒暄，聽到母親交代路上小心，我頓時覺得尷尬，好似成了出嫁的女兒。我因為與同是女同志的務農夥伴「成家」而「離家」，說起來也像「出嫁」離家，和我過往離家讀大學、離家踏入職場，心情截然不同。成家，意味著自己與原生家庭的連結，被自己與對象的連結所取代了，甚至某些鏈接的零件掉落了，儘管掉落的聲音微小得只有我聽得見。行李緊緊密密地裝滿小貨車，一路上，沒有兒時的幻想，坐在家具上，面向後方來車，迎著風、盪著腿，一派快樂；而是安靜地咀嚼離家的滋味。

辭掉城市裡的工作，來到宜蘭追求務農的生活，會是如何呢？我沒有明確答案，充其量只有方向沒有導航。但有夥伴並肩而行，要是真迷路了，也不用慌張，一起說笑、一起找路，繞點遠路，還是到得了想去的地方吧。智慧型手機與網路漫遊尚未盛行的那時，憑著一紙地圖自助旅行，我經常迷路於陌生國家，在巴黎蒙田大道問路時還遇過性騷擾，也曾在香榭大道碰到佯裝跌倒、求取同情，實則拉開我背包拉鍊的扒手；但卻在夏至音樂節，憑著直覺晃蕩，巧遇聖傑曼德佩的 BOSSA NOVA。生命的輕快，不就是從拋開手上那紙地圖開始？

我和幾位夥伴要開始一個「家庭」，會是什麼樣子？典範為何，沒有具體答案。我們彼此憑著過去與伴侶相依的經驗、自身對家庭的想像與期待，練習著運作，在日常磨合裡一點一滴修潤。

宜蘭的第一個家，是一棟三層樓透天厝，和村子的宗教信仰中心同條路。新遷入不久，適逢上元節，天官誕辰，寂靜的夜聽得到鐘聲隱隱約約迴盪。

初春的水田還沒播種，浸滿了水，如同鏡面，倒映著藍天浮雲。我負擔的分工是採買食材與記帳，開始懂得了父母經營一個家庭的難處。記得有個夜裡，父親下班回家，和母親爭吵，我從睡夢中醒來，感覺害怕，隔天早上，發現我最喜歡的那張藤編鑲嵌玻璃的桌面被砸破了，父親上班去，只剩下母親和我在家。他們吵的多半是為了錢。

小學二年級時，班導選出班上包括我的五名女生，推薦參加校內的民族舞蹈培訓，以便出席校外競賽。我從小喜歡唱唱跳跳，滿懷期待母親會答應。母親下班回來了，一身水藍色制服，及肩蓬鬆的大鬈髮，看起來幹練、嚴肅。

我迫不及待告訴她，我被選為民族舞蹈成員，不料，才翻開聯絡簿，她就冷漠地拒絕了。一直到小學三年級，家裡經濟狀況寬裕了一些，母親幾乎不再以沒有錢回應孩子的需求，以至於後來追求品質、偶爾揮霍的奢侈支出，以及對某種物質的收藏癖，成了我的經濟觀念。

宜蘭的家裡，夥伴之間的爭執，常常也是為了錢。我們大費周章地油漆粉刷新家，採買二手木材做了工作桌，尺寸異常地大，顯得這個家人口還不夠多；二手窗戶做成了廚房的中島，掛上昏黃燈泡，像極城市裡令人流連忘返的咖啡廳。為了安頓一個家，需要很多的支出，必備抑或奢侈，端看每個人的觀點。某個夜裡，意見分歧的家庭會議結束，夥伴指指客廳牆上「簡直求福」的春聯，笑著問：「我們有嗎？」

我知道，我都知道，一個家要聽從多數決，而非固執自己的心意，必須有所妥協。但，當日常小事都需要妥協，家庭生活就成了一種累贅。

春耕前，夥伴E已經著手各項準備，累得喘吁吁。她分租到了一塊旱田，河床地滿布石頭，凜冽的天氣中，E一一撿起石頭，說她怕路人會嘲笑她愚公移山，總把毛帽下的臉背向馬路。但就是有好事者硬是要駐足評論幾句，「這石頭要撿三代才撿得完啦！」另一位夥伴說，分租田地的農人一定是見E古意，故意把不好種作的石頭地給了她。但初來乍到這個靠人脈才有田可租的農業圈，有地種就萬幸了。E摸摸鼻子接受難處。

我沒有想成為一名全職農夫，所以勢必得另謀兼職。遷居宜蘭將近一個月，收入沒著落的我，只好就著過往職場的能耐，兼職了咖啡店工作，以及一份採訪工作，也承擔管理一塊水田的勞動，像其他夥伴分頭忙著各自的事業、管理各自的田區。出門種田，回家磨合。家，曾經是我的嚮往啊。

母女旅行

為了不讓母親牽掛我如何憑藉務農維生，之前我安排了一趟母女旅行。我們換車再換車，終於抵達鄰國首都的近郊，騎著腳踏車在小鎮遊歷。旅途中，母親經常不自覺地皺眉頭，流露愁容。頻頻詢問還有幾站才會到達目的地，直到騎上好久沒騎的腳踏車，才難得露出了笑容。我們坐在咖啡廳裡，各點了一杯熱可可，不甜不膩，又香又濃，母親滿意，神情都鬆軟了。

「生妳哥哥的那一天，肚子很痛了，去到醫院，醫生說還沒要生，叫我先回來。回家就跟妳爸爸要東西喝，他帶我去城隍廟喝杏仁茶，我從來都不知道有那家店。」

「杏仁茶！我也想喝。」

「我跟你講，那間店還有開。」

「都三十幾年了，你還有再去過嗎？」

「就去那麼一次，再沒去了。」

旅行的行程，全都是我想去的地方，與其說是帶媽媽出門玩，更像是她陪我完成夢想。我們進入深山拜訪務農的陶藝家，鄰國物價高，計程車資好貴，隨著跳表聲，母親愈來愈憂慮，直問到底是要來找誰呢？下了山，母親在繪本博物館，發現了曾經買過的書，興致盎然地打開閱讀，儘管是她不懂的鄰國文字，圖畫卻是熟悉的，勾起她育兒的回憶。那年我三十歲，母親生我的年紀。長長的車程裡，我與三十歲的她對話。

「我小時候會不會很難帶啊？」

「不會啊！」

「是嗎？你以前很常打我們。」

「跟阿昇比起來，你們好帶多了。」

從我小學三年級開始，母親離開工廠，在家當起保母，都是鄰居轉介來的。阿昇是母親照顧的第二個小孩，在家裡被慣壞了的。那時母親性格也剛烈，我的課業不盡如意，總挨她的打，諸如用自動鉛筆刺手肘，用垃圾桶撞擊背，曾經把我手臂打出一條條痕跡，同學問我被打嗎？我還說是自己用彩色筆畫的。

「你還是小姐的時候，下班都在做什麼？」

「學插花啊！我給你的那把園藝剪刀就是那時候買的。」

我們家三個子女裡，只有我有插花的興趣，每年農曆春節，最熱中與母親上花市買花、配色、插飾。

我們慢悠悠地閒聊，太陽西下，灑進電車裡的陽光和煦，像母親的羊水一般寧靜安詳。羊水裡，是我有了生命以來，第一個待過的家。三十歲的母親是否曾對著肚皮跟我這樣說話？

事。

「這次旅行你覺得哪裡好玩？」

「騎腳踏車啊、去日本人家裡啊！」

旅行回來三個月了，我終於敢向母親提起自己要辭職、搬去宜蘭務農的事。

「就是過那個日本人一樣的生活喔！」

我感到驚喜，母親有了具體的想像，不再陷入恐慌。然而，她的慣性思維，還是讓她為我的經濟狀況，難免憂愁。

讀研究所時，我向母親承認自己是女同志，之後她偶爾會問起，「你老了怎麼辦？」我原以為她是擔憂我畢業後的出路，直到踏入職場，一份不是鐵飯碗的工作同樣引發她問我：「你老了怎麼辦？」我這才明白，她真正擔憂的是「女同志」老了會怎麼樣？怎麼辦？沒有合法的婚姻保障，社會又充滿歧視，太孤單了。

我不怕老。但是，我心裡不乖順的獸——身為同志運動的退役同志，牠需要一個同志堡壘安置名分。我順著牠的毛髮安撫，餵食牠非典型家庭。「老了就和朋友住在一起，互相照顧啊。」我終於回答了母親。

蘭陽溪貫穿蘭陽平原的肚腹，我與夥伴的田地落在蘭陽溪以北，俗稱溪北。我種的田過了安農溪，比較接近蘭陽溪下游。

夏天來了，黃豆收成，豆田附近有個養豬場，每當大卡車轟隆轟隆開過去，震盪了空氣，就會聞到豬圈排泄物氣息隨風飄來。夥伴E將黃豆一束一束紮捆，在日頭下曝曬，接著棒打豆莢，黃豆大珠小珠落篩子，過濾石頭、落葉，最後抓起一把黃豆，汰掉凹扁、蟲蛀，就全憑細心的手工活兒，得平心靜氣好好地做。周而復始，日復一日。七月天裡，水稻也要收割了，農事如麻，我們大費周章地策畫活動，徵募打工換宿的幫手，想一舉完成收割黃豆的工事。不料，氣力全花在活動上，農事進度反而更落後。很多時候，看著E獨自篩選黃豆的背影，我總故作無視，輕巧地出門。

黃豆活兒終於做完了，黑豆卻已採收不及。地主安排代耕打田、理菜畦，第一期租地收租金，第二期自己種菜好收入。經濟至上，沒人憐憫你還在與第一次耕種的作物奮鬥。我知道E篩豆子時在想什麼，她想離家，回她的老家。跟我一樣。我們撐著，看誰會先說出口。我的家人沒有誰叫我留著，母親捨不得我離家，那份捨不得成了我對老家的牽掛。只是，我不知道回老家要去哪裡種田。

就要立秋了，我向村子裡的婦女學習發酵米麴。第一次失敗了，向婦女們求救，她們趕來探看我布置的發酵間。那是E以前的房間，她已經回家半年了。大夥兒議論紛紛，說是米麴曬得太乾燥了，不容易著菌，建議用水煮空心菜，放涼澆撒在米麴上恢復濕度。結果又太濕，米麴臭酸腐敗。一位七十歲的女農領我到溪畔採擷埔姜，鋪蓋在米麴上，保濕、接菌。埔姜的氣息似艾草、似茼蒿，又不若它們強烈，安定了我為發酵倉皇失措的心。

我做了豆腐乳，從來不曾出現在我家餐桌上的食物，母親、父親和姪女們都說好吃。母親說她嫁給父親後才開始學做菜，成家起初，都是父親下廚。外婆早早過世，外公再婚後，原先的三個子女都留給外曾祖母照顧。寄人籬下的母親，初中畢業就趕緊踏入工廠，就怕被數落，甚至急急請人作媒。家一旦待不住，婚姻向來都是逃離的方法。

母親的料理沒有家學傳承，她重闢一片天地。我出生時，她已經婚後七年，廚藝也精湛了。母親沒教過我做菜，她盼望子女用讀書換功名，不需要把時光蹉跎在下廚與家事，所以放學後，我只管偷掐紅糟豬肉、蘸蘸紅燒吳郭魚的湯汁，吸吮一下油膩的指尖。做漬物試味道，我也常常用指尖蘸來試味道。出生不久的嬰兒，專注地吸吮乳汁，記下母親的味道、體溫，和心跳。長大後，一心想要找到自己，過了中年才發現，也從來沒忘記尋找母親。

東北風吹起的冬季，格外濕冷。村子裡的小農團聚，以白甘蔗煙燻臘肉。醃漬臘肉的食譜，是食堂工作的小農給的。大夥兒各自買得豬肉後，遵照食譜醃漬一天，隔天將豬肉吊掛，風乾一整個白天。那個夜裡，種植白甘蔗的小農帶來了剖成段的甘蔗。架好由廢棄鐵桶改造的燻爐，眾人紛紛將臘肉掛上燻爐的支架，起火燃燒，炊煙裊裊，隨著增溫，白甘蔗的香氣鑽出來了。我也想起孩提時，母親吊掛在廚房裡的臘肉。

記憶中，母親做過的漬物僅有兩種，一個是害我遭毒打的菜脯，另一個就是臘肉。隆冬裡，母親在廚房架起掃把，吊掛一串串風乾好的臘肉，準備燻製。掃把外層包裹著紅色塑膠膜，在寒冷的日子裡，特別搶眼，看得都饞了。

但對母親的這兩種漬物，都僅是一面之緣，再不曾見她做過。倒是我卻在蘭陽平原按著節氣逐地開闢出醃漬的脈絡，菜頭籠仔、醃脆瓜、豆腐乳、醬油、臘肉。

燻完臘肉的隔天，我撥了電話給母親，說要寄給她吃。萬萬沒想到，過了幾天，收到她寄來的自製臘肉，用我種的米，再佐以茶葉、砂糖燻製的。想必我也點燃了她回憶的線頭，熱烈地燃燒起來。

冬日將盡，我遷居溪南，不為感情也不為婚姻。那年與夥伴務農進帳虧空，最後全以米、米酒、豆腐乳相抵，自己帶著近百公斤的米與近百公斤的米酒離家。為了安頓沈重的「行囊」，我還是落腳在蘭陽平原，就像漬物著菌，我的雙腳已在這片土地生根了。我換了工作，除了種田，就在食堂下廚做飯。一開始做的菜都是自己想的，或是曾在外頭店家吃到的，常常無法掌握味道的拿捏。直到我想起母親曾經做過的菜色，一邊回想，一邊揣摩手法，漸漸才有了譜。

親情這甕漬物

每年夏天，母親會到我宜蘭的住家，參與豆腐乳裝瓶的工事。我載著她經過我每日遛狗散步的河畔與羊腸小徑，來到我的水稻田。她非出身農家，一生也沒下過田，農務是距離遙遠的事，但現在她的大女兒嫁給農夫的後代，二女兒在務農。早知如此，何必讀那麼多書，這類務農年輕人轉述的父母埋怨，母親一句也沒有。兒時記憶中，那個嚴母形象，曾幾何時慢慢褪去了？或許曾經的那一夜，她早就鬆動了。

「我看你參加那個『姐姐妹妹的』，你是不是女同志？」那個夜裡，母親看到我從同運組織拿回來的文宣。

「她不是吧。」父親從客廳傳來聲音。

「對呀，我是。」我承認了。

「對嘛，我看書就知道你是！」母親彷彿答對問題一樣，竟然有些興奮。

「那你可以不要是嗎？」母親笑說。

「我又不是做壞事。」

「是啦，也是沒錯。」母親囁嚅道，像闖了禍。

之後，我與母親之間變得親近。成為假日農夫的第一年，與夥伴共同耕種水田，舉辦了手工插秧活動，母親也下田體驗。她一向手腳俐落，做事細心，做了就會做好，信誓旦旦要幫忙多插幾行。而無論務農或做漬物，我也都一定讓她有機會參與其中。

每年除夕，女朋友都同我一起回老家過年。某個早晨，我為女朋友準備早餐，母親對我說：「你好像她媽媽。」從此我極力避免這種感情狀態。成為對方的媽媽，被不對等地依賴與索求。母親看出我在關係中的這種付出，她沒有責難，幫著我分攤、提點，是為作母親的她同理的慈悲。

母親學會做味噌，向我複述製作過程，和我的做法相去不遠。那年秋天，我準備了自己做的米麴，讓母親備妥煮熟的黃豆與道具，由她教我製作，兩個外甥女也加入幫忙，此後一家三代就有了共同製作漬物的記憶，而且是我的母親、孩子的外婆教的。每年秋天，我們會共同製作一甕味噌，年復一年，將成為傳承的儀式。

母親不再問我：「你老了怎麼辦？」她接受了我非符合社會主流價值但快樂的生活方式。她發揮母親的慈悲和行動力，盡可能為我的老年鋪路，告訴侄子以後要照顧我，告訴我姐以後要照顧我；為我買保險，說要存筆錢，以防她不在世的時候，我還能有個支持。母親忘記自己比我更快邁入老年，總是放下自己，擔憂還有幾十年才老年的我。

旅居宜蘭的日子愈久，好像愈回不去老家了。漬物形成一種牽絆，它需要場地、需要道具；它裝在甕裡，沈甸甸的，它教人去不了、走不開。漬物也是母親與我的牽絆。在我追求自己的時候，也沒忘記母親，讓她參與我的生活。親情這甕漬物，添加了彼此的牽絆，就要放入更多自由調和口味，延長保存期限。

等我老了，我將擅長做很多漬物，我可能會擁有幾罈老祖母級的漬物，可以打開來現寶。我可能會相遇相處自在又快樂的伴侶，島上的同志婚姻合法了，我會當個老新娘，但絕不是感情關係裡的老娘。

「你老了怎麼辦？」

這是母親對一個同志、務農的女兒最溫柔的叩問。

「我老了怎麼辦？」

這也是當年我對自己同志人生的好奇與擔憂，但因此讓我踏入探究、摸索老年同志的同運之路。

引菌發酵

田帶我們找到房子

山坳深處裡的我，
接受了大地豐盛的禮物——
日升、月圓、節氣、土壤、柴火、季風、山泉，
藉此做成漬物，接近生命的原本。

水

天色漸暗，我在廚房忙著，瞥見人潮開始湧進家裡。抓餅已經端出去好幾盤了，瓦斯爐上的平底鍋還一片一片煎著。平時閒置一旁，堆滿雜物的超大餐桌，今天清空後，又被食物占滿，其中還有一大鍋熱呼呼的湯圓，紫米湯圓、白糯米湯圓，是我和夥伴們下午到村子裡的W大姐家，同村子裡的婦女、小孩一起搓的。

先前住不到半年的房子，就在農忙期間被迫搬遷，以至於一邊收割水稻、收成黃豆，一邊還要忙著搬家。那時有人說，「你們就是沒有辦入厝，才會那麼快就搬家啦！」所以這次說什麼都要慎重其事。

「入厝一定要挲圓仔，我來幫你們做粿粞！」大姐自告奮勇。「你們快訂一個時間啦！」

盛情難卻，加上我們也怕極了又再搬家，因此時間敲定以後，便立刻請託大姐做粿粞，採買一點輕食，搭配友人做的氣泡飲料，採集野花野草佈置一下，應該就是個溫馨小巧的入厝派對了，萬萬沒想到後來幾乎變成流水席！

夥伴在客廳架起卡拉ＯＫ，讓等在客廳的賀客可以打發時間，並且炒熱氣氛。廚房就接連在客廳旁邊，中間僅相隔一個落地櫥櫃，我在廚房裡忙著，歌聲不絕於耳。突然，熱心的大姐快步走進來，拉著我：「這樣夠吃嗎？人好多耶！我看不夠喔！」大姐平時包辦外燴辦桌，一目了然地說。

「還有、還有，我還在煎。」我指著熱鍋上的煎餅。

「我以為你們會煮飯。你們種米的，怎麼會沒有煮飯？」

「不然中午還有吃剩的，我熱一下。」

「那樣的飯不好吃啦！你們種米的，怎麼可以拿出那樣子的飯。」

「沒關係啦，來的也都是種米的啊！」

說得我都語無倫次，胡亂打發了熱心的大姐，幸好她也不再過問，直接在瓦斯爐前幫忙。一直到深夜，鬧烘烘的入厝派對才終於安靜下來。

村裡的婦女很滿意我們的入厝派對，她們認為新家就是需要熱熱鬧鬧的人氣，才會興旺。幫我們探聽到房子的婦女，更為這樁喜事笑得合不攏嘴。

「你們看，這房子距離田地多麼近，是田帶你們找到房子的！」

早在搬家前，就知道即將接手這塊水田，只是忙於農作收成、收拾行李，根本沒把它放在心上，一等住處塵埃落定，才驚覺水田就位在新家巷口。對務農的人來說，這是夢寐以求的事。每天，早晨第一件事，走路巡田水，晚餐過後在田埂上散步。稻穗飽滿時節，白晝天氣炙熱，入夜溫度稍降，柏油路最適合赤腳、坐臥其上，晚風徐徐，讓我伴著水稻在夜空下。

待一切安定下來，我開始和村裡的婦女學做漬物。她們生活在農村裡幾十冬，種作、醃漬、發酵等技藝和經驗相互累積，舉手投足自然流露的生活節奏，更是在我身上找不到。我充其量只是照著二十四節氣勉強跟上，總還是漏拍。

清明過後，小黃瓜開始收成。婦女心裡早打開無形的醃脆瓜食譜，那是姑婆交給她的。

「小黃瓜先用鹽巴醃漬，然後浸泡在半桶水裡，壓上重重的大石頭，持續醃兩個星期。」她將食譜朗誦出來。

「兩個星期過後的傍晚，把小黃瓜拿到湧泉當中浸泡一個晚上，第二天早上把小黃瓜拿回來，把水分壓乾。」我腦中浮現出一個行事曆，上面註記著小黃瓜的作息。

「那個早上就可以開始煮醬汁了。放涼到傍晚，把瀝乾水分的小黃瓜浸泡到醬汁裡面。」小黃瓜終於投入醬汁懷抱，意味著可以被人類吃掉了？

……

「浸泡一個晚上後……」原來還沒結束啊。「第二天把醬汁與小黃瓜分開，先煮醬汁，煮滾後，加入小黃瓜，再滾一次後，熄火。這時候就可以裝瓶，然後整罐瓶子放到一半水位的鍋子裡，煮二十分鐘，這樣可以保存一整年不會壞。」

食譜裡的每個時間彷彿都是良辰吉時，稍有差池，也許瓜就不脆，不夠入味。於是我決定參與婦女復刻姑婆醃脆瓜的計畫。我們講好時間，在行事曆上註記下來，哪一天開始醃漬，哪一天拿去浸泡湧泉。

經厭氧發酵兩週的黃瓜氣味，實在令人不敢領教。揭開披覆薄薄一層綠褐色菌衣的大石頭，將水倒掉的那一瞬間，我憋著氣，但撒開的菌衣彷彿在空際中飄飛，鼻子仍輕易就捕捉到。

「泡過湧泉，這氣味就會不見了。」我不禁浮想聯翩。菌衣的顏色就和

河童的膚色一樣，莫非湧泉裡住著河童這樣的生物，專吃菌衣，吃著吃著就變成牠的保護色了。

村子位在平原沖積扇頂端，溪流交匯，隱入地下伏流，遇到泥沙阻力往上流動，成了蘊含大量空氣的湧泉，水中終年冒泡，在地人稱做毛蟹冒泡。

裝在網袋裡的臭黃瓜，漂浮在泉水裡。夜裡，河童會來吃掉瓜上的菌衣，翌日早晨，陽光底下，臭黃瓜已被漂洗得透亮，不對，是菌衣被吃掉了，露出原本的鮮綠。我環顧四周，全是水泥設施，並沒有發現任何可疑生物。

「沒味道了吧！」我小心翼翼地把鼻子湊近黃瓜，嗅了一嗅。「真的！」取出黃瓜袋，空無一物的暗綠色湧泉仍持續著冒泡，說不定是河童在底下用鼻孔呼吸的緣故呢。

湧泉脆瓜實在好吃，我幾乎忘記當時曾多麼嫌惡它。於是，相隔一個月，節氣來到立夏，夥伴種植的小黃瓜也採收了，我採買了不少，想自己做起來慢慢吃。我恪守姑婆傳下的醃瓜良辰吉時，按捺著等待歷經兩週的輕發酵。到了小滿，萬物欣欣向榮，活潑閃亮的時節，菌衣也理所當然地蓬勃成長，覆滿石頭上，氣息更教人岔氣，隨著倒掉的臭水，瞬間在炙熱的地面蒸發，我來不及閃躲，不僅刺鼻又直衝腦門。和夥伴說好，一起驅車前往湧泉浸泡臭黃瓜，順道在快炒店大快朵頤。今晚的河童想必也有豐盛的菌衣大餐。

翌日早晨，取回黃瓜，發現菌衣的味道還是陰魂不散呀！

「沒什麼怪味啊！」夥伴說。

「也許浸泡醬汁以後，怪味就會消失了吧。」我說服自己，按照食譜的程序繼續做下去。

味道還是在。我曾想乾脆做成素瓜仔肉，利用菇蕈和大量的醬油加以掩蓋好了。不過，最後還是打消念頭。——姑婆的醃瓜吉日良辰果然了得，適用於春天的，進入夏天就是行不通啊。

十

春天，我遷至蘭陽溪以南，一幢兩層樓的透天厝。我忙著清潔打掃家屋，豢養的黑狗則馬上在附近嗅聞、小便作記號，以建立地盤，天真的臉孔，像挨家挨戶跟人家說：「我們是剛搬來的新鄰居。」又像告訴左右來狗：「這裡是我的領地！」我羨慕牠的自然野性，可以無懼陌生，勇往直前、在外闖蕩。但，也可能是牠倚靠著我才有這份膽量。

門前廊下有塊小院子，我希望能夠植滿盆栽，讓它綠意盎然。沒想到，不久鄰居就主動登門，送來不少他搬家帶不走的植物。這一年我沒有種作水稻，有充裕的時間在春天安頓住家，和如法炮製湧泉脆瓜。穀雨前，我邀約幾位女人、孩子，在新家進行「暖屋」。攀附著乾燥蕨類的燈泡下，女人們圍成圈，祝福這個家有愛、有溫暖、有創意。

家離河很近，我經常與黑狗在河邊散步。有些日子，天上的月亮、河面上的月亮，將夜晚映照得格外光明。滿月具有豐沛的能量，月球的引力牽動海水的潮汐，也牽引著我，在接近滿月時湧現創作漬物的欲望。這時製作漬物，受到宇宙能量包覆，發酵得特別好。

女人的身體也是個小宇宙，月亮在體內升起、落下。就在發酵米麴時，我的月事剛巧來了。一年一度的盛事，難免得失心過重，發酵的過程耗費心力，需要負重且頻頻關照，加上月事來潮的身體容易疲憊，雙重壓力之下，於是月事不僅不順，還遲遲不去。無獨有偶，後來連米麴發酵的腳步都變得溫吞起來，白麴的密度停滯不前，更遑論後續的黃麴、綠麴，一個影兒都沒有。

我焦急地翻開古農書，抄寫〈祝麴文〉，燃燒白色鼠尾草，穩定身心，儼然女巫作法。

我曾經祭祀過三官大帝、土地公，向神明祈願風調雨順、合境平安，化解干擾發酵進度的阻礙。姑且不論神效如何，不可否認祭祀的過程，確實能撫平心靈的起伏。然而，這次明顯是與生理期有關。我不禁疑惑，在漢文化裡，可有生理期不能做漬物的禁忌？

聽村子裡的婦女說過，農曆春節，月事中的女人不能炊發粿，否則粿會塌陷，不僅不美觀，更是不吉利。顯然月事的禁忌只涉及祭祀有關的食物，但漬物向來不在此列。阿美族製作祭祀的小米酒，也忌諱由月事裡的女人經手，部落婦女進一步分析，是因為生理期的身體溫度較高、酸鹼度偏酸，會影響酒麴的發酵，並左右味道。我頓時明白了。

夏天結束，某個夜裡，來了一位不速之客。她是房東，要求日後保留一個房間，以便隔週末回來居住，而且來年還要漲房租。我不想被左右，又開始另覓居所。一度夢見住進友人的老房子，不久竟真的搬進去了。起初有些猶豫，因為我不確定自己是否適應老房子的野性，諸如蛇虺蚊蚋的出沒，以及空間裡的未知領域，包含房子周邊竹林圍覆的草地。一搬進去，我與友人就費了半天清除埋在草地裡的垃圾，寶特瓶、陶碗、陶盤；也修剪了植物的枝葉、砍去幾株垂倒的竹子，草地終於變得清爽，甚至不久益發茂盛起來。草相榮盛，景象大不同於前，不料卻引來房東誤會我毀了他種植的植物，頗有微詞。

這兒的菌相相對豐富，友人過去居住在此製作米麴，空氣中富饒的米麴菌降落到米飯上，生長得特別活潑。不過，那一年夏天，我的第一波米麴還是失敗了，但我不再害怕，也不求神拜佛，視過程為召喚米麴守護者、大地女神回來的儀式。舉凡太潮溼、太乾燥、溫度太高、溫度不夠、生理期、颱風天，每一年，大地女神給予的課題都不一樣，磨練我面對發酵的能力，只要通過這一關，後續每一波發酵，都將會獲得傾力的保護。

風

老房子有鼠患，我抱回一隻貓咪豢養。這頭貓雖深具野性，晚餐後的遛狗時間，貓也會跟上走好一段路，從此，紗門關不住牠們，終日在外蹓躂。某個午後，貓兀自坐在屋裡儲藏間門口。牠甚少在那兒逗留。一直以來，那一角落宛如一團漆黑而凝重的影子盤據，剛搬進來時，我曾在那兒焚燒艾草辟邪，爾後不曾加以利用。我感覺異常，不禁趨前過去，幾乎同時瞥見一條黑褐色尾巴溜進了櫃子底下。

「最近太熱了，鄰居又修整竹林，沒地方乘涼，所以溜進來吧。」

「牠去年也有來過，是臭青母，很肥、很大一隻。」

「看來是蛇姥姥吧，這樣說來是這個家的守護神吧。」

臭青母學名王錦蛇，俗名有個母字，我刻板印象地把牠劃歸女性。那天牠滑溜的速度不快，甚至撞到椅條，把上面的紙箱震得砰砰響，活脫像是下盤厚重的歐巴桑，有些遲鈍卻盛勢凌人，推測年紀應該不小。之後，又陸陸續續觀察到貓同樣小心翼翼的動作。有一條從落葉堆裡探頭出來的小孩子蛇，淺褐色澤，落葉是牠的保護色，眼睛靈動閃亮，一溜煙就隱身了。蛇是害羞的動物，我們互相尊重彼此的領域，兩不侵犯，應當相安無事。我一面希望牠別出來打照面，又止不住想像牠爬行出門的身影。

「姥姥，路上慢走。」我會這樣對牠說。

長大的貓，野性益發顯露，進一步跳出圍牆，跨足鄰居家中。我們的住房坐落在村子宗教信仰中心的正後方，每天上午、下午，廟埕各有一場男人們的聚會，獨居的男鄰居趁機向在座的房東抱怨，新住客的貓狗帶來的災難。

清晨不到六點，狗出外蹓躂，不時對著異樣氣息和聲音吠叫，干擾睡眠；貓出外蹓躂，在鄰家院落玩垃圾袋，留下排遺。一開始，當碎念聽聽，尚可往來無事。秋天，強颱打落我門前的蓮霧樹枝，樹葉翻飛，吹進潔癖男鄰居的院子裡，他向房東告狀，執意應該把樹鋸了。房東被動，不願招惹，施加壓力到我這方，要我管束貓狗、修剪草木。我操煩貓狗的野性，卻又依賴牠們對四周環境敏銳的野性。牠們不懼最隱祕的草叢、最溼溽的溝渠，每當牠們安心熟睡，我深信這個家屋擁有生靈滿滿的保護。尤其守護神蛇姥姥，斷不能對人提起，特別是房東。

終於，房東不堪鄰居其擾，親手鋸了蓮霧樹大部分枝幹。男人緊守他圍牆圈出的家屋，不容任何「異端」越牆侵犯。我不免為自由攀爬的成串紫花蒜香藤，都感膽戰心驚，不知何時也會騷動鄰人慍意，踢開我精心漆成愛麗絲夢遊仙境才會有的藍綠色鐵門，像頭橫衝直撞、呲牙咧嘴的獸，雙眼色盲，看不見夢幻。七十多歲的老人家，帶著些許精神異常，或遭遇過被歧視的不滿，覆以潔癖和秩序，一點點出牆的野性，就會劃破那層層包裹，搗亂他的心火。

又要預備搬家，這次希望能找到容得下野性貓狗的住屋。期間，一位友人說自己石頭厝有鼠患。我不假思索就毛遂自薦：「那讓我的貓去打工換宿吧，牠很會抓老鼠。」

我帶著貓上山，第一個夜晚，牠到處嗅聞，喵喵叫不停，直到凌晨才勉勉強強挨著我睡下。

第二個夜晚，我把狗一起帶來了。狗來過這老房子，即使沒來過，牠也會隨遇而安，只要是我在，牠就安心，貓也就隨狗安定了下來。第三天，貓先隔著紗門張望戶外動靜，接著學會狗開門的方式，進出自如。但我的貓自從來到這裡，變得居家極了，成天在屋裡睡。我想，這是貓找的房子，這之前的惹事生非，無非是為了敦促我離開。

搬進了山坳裡，不知道這兒的土地公廟在哪，亦不費心尋找，我向屋子後方的山頭揮手，心裡大喊：「我們搬進來了，請好好照顧我們喔！」一起風了，樹林沙沙作響，就當是山神的回答吧。

流浪山頭的狗媽媽生下一對狗兄弟，身形高大，虎斑花色剽悍極了。牠們自己走下山頭，駐守在家門前，理所當然地看起家來。之後，牠們的妹妹也下山，躲在屋子後方，等待與我不期而遇，好被收留。牠們知道自己屬於這裡，牠們為自己找房子、找家人，命中注定一般的直覺。每當清晨第一道陽光從門縫透進來，也把門口四隻狗走動的影子投射在天花板上。石頭砌成的家屋，頓時讓我就像置身原始時代的洞穴。因為有了犬，人類開始好眠，於是有了夢。

受了大半輩子的教育，對於自然的奧妙，仍有太多懵懂未知。我在院落裡，觀察升上山頭的月亮，每日的星空。我不費心牢記星座的名字，比起求知，我更想仰賴傳說。遠古的初民，也是這樣與星辰相處的吧。

家屋裡，最珍貴的家當是一批柴。在山坳要洗個熱水澡，得燒柴生火，那個時刻，爐子是全家最溫暖的角落，貓叫喚著，姍姍來到爐前。每當燃燒竹子，從尾端冒出竹液泡沫，就會有一股奇特的氣息飄出，不似草本清新，又不若木本沈穩，帶著些許烏梅的甘甜。燃燒柴薪的氣息，讓我憶起釀製醬油的往事。

友人堅持柴燒煮醬油，她相信火的溫暖與能量。那年，她說欠缺鋸漂流木的人手。那是個週日，附近小農打工換宿的成員休假一天，我邀了她們，一共七個女人，騎著四台機車，風塵僕僕跨越三座大橋，從蘭陽溪北到蘭陽溪南去支援。翌年，友人又要柴燒煮醬油，這回連漂流木都還沒撿，家中打工換宿的成員正閒著，這回一共三個男人，一個女人，連同一條狗，兩台機車，三座大橋，直奔蘭陽溪南。農家的打工換宿來來去去，我一直對這兩次記憶特別深刻，每逢煮醬油，就想起他們。

那時候，從書裡讀到一種耕作方式。赤腳站在土地上，將種子含入口中，潛心祈願土地將身體需要的元素，蘊含在作物當中，然後取出種子，播種。我和友人稱它作阿納絲塔夏種法。節氣雨水前，友人決定採用阿納絲塔夏種法耕作黑豆。豆子是她去年收成留下的，流傳在婦女間的在地品種，個頭小且扁，據說用來做醬油，滋味特別濃厚。翻過土，土質鬆軟的旱地上，用雙腳劃出菜畦，接著將黑豆撒在菜畦的凹處，再覆上淺淺的田土，一邊祝禱黑豆茁壯長大。

醬油，印象中是很難獨自一人完成的漬物。熬煮醬油的費事，讓我遲遲未敢嘗試，卻忘不了年年參與友人製作的過程。也可能，這是我刻意保留下來，用以連結生活社群的唯一漬物。

有些年，我常有機會在北方的草原探訪遺址。距今數百年前的建築，曾經水草豐美之地，都已風化在黃沙遍野中。看著斷垣殘壁，有些遺跡還能辨識出室內格局，甚至曾經溫熱的爐灶所在，愈顯人去樓空的蒼涼。

前往牧民的家，途中，司機向人問路。茫茫大草原，竟然有「路」。牧民家，蒙古包正中央爐火正熱著一鍋羊肉粥。爐火是一個家的心臟，給予溫暖，也給予熱食。整個下午，女主人盡心地料理各式食物招待我們，鹹奶茶、羊肉粥、羊肉乾等。夜裡，蒙古包裡滿室漆黑，唯獨掛在床前的一盞燈亮著，我們坐在暗處，像在看電影。男主人騎著打檔車，風塵僕僕從省會回來了，母親與四個孩子等著他帶回的日常必需，還有孩子企盼的鞋子。他們話不多，且輕聲細語。

那晚，我們貪婪草原上的寧靜壯闊，遲遲不肯入睡。因此有緣親眼目睹從地平線升起的月亮。滿月剛過，缺了一角的下弦月，同樣壯觀、光彩奪目，震懾了我，今生從來不知道月亮有如此強大的能量。

九百年前，一個被喚作鐵木真的男人，為躲避敵人的追殺，與母親、手足失散。他藏匿在松林裡、潛身於溪流中。滿月夜裡，教所有的感官都敏銳了。他聽聞、嗅聞有老人家在製作馬奶酒，循聲、循味而至，在老人家的幫助下，躲過了敵人，與母親、手足相逢。

在萬物皆有靈，薩滿信仰的時代，月亮、風聲、水流、馬奶酒，一切都是有意義的存在，只為了庇護鐵木真。我也同樣相信出現在我人生裡的人事物，偶然陪伴我學習一段功課，是大地精靈的化身，帶我走向嚮往的境域。

曾經與同運夥伴在同志家庭親子營隊，畫過自己理想中的家庭。彼時我還是假日農夫，還住在老家，還沒有豢養動物，畫裡的我獨自住在梯田的山邊。我說我要住在山裡，安安靜靜生活，煮水烹茶，與土為伴。現在，山坳深處裡的我，接受了大地豐盛的禮物——日升、月圓、節氣、土壤、柴火、季風、山泉，藉此做成漬物，接近生命的原本。

生而死而生的傳說

「看看豐收的水稻，你的愛有多豐盛！」
「你害怕去愛，就看不見愛。」
「愛在那裡。在你害怕的地方。」

水稻收割前一個月，友善耕作小農前輩N大哥，把近年來遷進村內的小農召集到村子的廟埕，盛大舉辦祭祀，禮敬神明，尤其是廣為鄉野信仰的田間土地公。眾人盼望神明與土地公酒足飯飽，牢記每個身家與田地所在，庇佑往後農事順利。為求農事大吉，小農熱中村民的宇宙觀，敬三界公、拜河神，包括我，也進入男人與信仰掌舵的農村網絡中。村裡的女人多數安靜，以食物與季節交織出的生活，我更傾向於此。偶爾，我看見女人不再無聲，她們挑起口角之間的波濤。我不會興風作浪，卻也學著運用女人的小伎倆，以便達到目的，但更多時候，屢屢翻覆在女人打上來的浪。

後來，我才知道女人的身體裡就存在著女神，一直護佑我，指引與我同航的女人，我們吟唱滿月古調，順洋流而遠行。

水稻收割後不久，村裡婦女們忙於製作米麴，言談之間，A得知我向B

學做米麴，從鼻子噴出一口氣，拔高聲音說：「她？她會做嗎？」婦女A一向是村子裡料理存食的翹楚，說及他人難免不屑。我心裡納悶，但不敢多說一句話。

其實在婦女B之前，我是先向婦女W請教。熱心的W大姐，要我清晨五點就到她家報到，向我示範如何炒煮數公斤加水的生糙米。又是大鍋子、大鏟子，才沒幾下，我的手就提不起勁來了，但個頭比我嬌小的她，握緊大鏟子，一下又一下地翻炒，一刻也沒停。

二十幾分鐘過去，原本浸泡在水裡的生米，吃了飽飽的水，經過翻炒後，漲成了米飯模樣，米心還略硬。接著就平鋪在竹篩上，放到陽光下曝曬，還得每隔一段時間翻攪，要曬到不黏手為止。我牢記W大姐提點的「袂黏手」，回到家中，將米飯再次攤平在竹篩上晾曬，曬到傍晚，抓起一把米飯，再鬆手時，果然不黏手了。

過了兩天，發酵進度文風不動，W大姐繞道來關切。

「尚焦（太過乾燥）囉！」W大姐皺起眉頭，一邊走向房間的窗戶，一一關上。

因為開了窗，風吹進來，把發酵中的米飯都吹涼了，溫度太低，發酵不起來。

「曝的時陣就尚焦囉！」

「毋不是講要袂黏手？」

「嘛毋是完全袂黏手。」W大姐再次示範抓起一把米飯，鬆開手的動作，可是我看不見想像的米飯，究竟是要怎樣地不黏手，是咕溜咕溜一顆顆滑向竹篩，還是通哩通哩慢吞吞滾下來？

婦女B也突然走進來了。

「有聽說用煮過空心菜的水，放涼澆在飯上，可以再讓它發酵。」

我突然感覺這個房間洋溢著一股詭異，像巫女聚集商討要用何種巫術。

「不會啦！多蓋點被子保溫就成了。」

W大姐一下結論，身為後輩的B和我都噤聲。在眾巫女離開後，留下我獨自判斷。W大姐是藉由提高溫度，讓發酵的速率加快，而B的看法是米飯已經太乾燥，必須增加溼度，才能加速發酵。兩者都有道理，我於是調製煮過空心菜的涼水，但怎麼撒、撒多少，我只憑自己的直覺，最後再為米飯蓋上厚厚的毯子。第二天，米飯果然升溫了，這是發酵的徵兆，但是氣息相當濃烈，我質疑是要臭酸了。為了不再勞師動眾，也因便於聯繫溝通，我採用網路訊息向B請益，這是W大姐不擅長的技能。

向B確認了米飯升溫，且長出白麴，的確是走在成功的路上。但才過了一天，我就投降了。米麴沒有再往下一階段的黃麴、綠麴發展，反而星星點點長出黑麴，且氣味教人作嘔。B於是帶我回她婆家，在院落裡教我燒柴生火，有韻律地添柴火，讓火候穩定，蒸煮稍早已經浸泡過水的糙米。雖然比起W大姐的炒煮更花時間，但過程裡只消顧火，不時看看蒸籠裡米飯的情況，空檔還能感受樹梢吹來的風，的確優雅許多。完成的米飯，嘗起來米心略硬有彈性，水分蒸發後，抓起一把，米粒會自然地從掌心鬆脫，有點黏，卻不完全沾黏在手。臨走前，B採摘了幾大片新鮮的絲瓜葉讓我帶回家。

我將米飯鋪在竹篩上，讓絲瓜葉的絨毛面貼著米飯，再蓋上棉布、紙箱、棉被。第二天，從竹篩下方已經可以感覺到溫熱，米飯緩緩升溫了，掀開棉布與絲瓜葉一看，果然米飯上長出了白色的米麴，也散發出清淡的發酵香氣。又隔一日，升溫速度更加快，每隔四小時便需要翻麴，讓溫度不至於過熱，也要替換吸收了水氣而濕溽、暗褐了的絲瓜葉。為了便於照顧，我將竹篩移至房內。夜裡，躺在床上，呼吸平穩下來，總感覺這個房間裡也住著一個具有生命的東西。我稱呼她「麴姑娘」，睡著前，心裡對她道了聲晚安。

某個春分前夕的夜晚，我曾走向有著高大樹木的院落，進入一間天藍色的木造房子。那是個名為女人聖殿的聚會，來者帶著鮮花，排列在燭光前，花瓣在燭光中愈顯嬌嫩。女人們，在暈黃的燭光和粉嫩的花朵中，臉龐映照著緋紅，好似年輕時某個熱戀約會的心情。樂聲裊裊，女人們隨之舞動肢體，輕盈鬆緩，並輪流佯作大地母親，接受她人對自己身體溫柔和尊敬的撫觸按摩。春分不久，水田已布滿秧苗，雜草也冒出芽來，我手腳並用，摩挲雜草，揉進田土裡。稱為挲草的動作，宛如為田土撫觸按摩。我想起那個夜裡，摩挲大地母親的身體，田地也是女人的身體，揉開那些氣血不通的堅硬和痛楚，揉進柔軟的空氣和溫和的水分，還有小草——生命的餵養。

從春分到清明時節，終日綿綿細雨，儘管氣溫仍低，在水田一連工作兩小時，依舊會沁出汗水。下田前，家事、心事牽掛心頭，在田事當中，心慢慢沈緩下來，鎖在裡頭的淚水便從眼睛流了出來。溫熱的淚水、汗水、鼻涕，與沁涼的雨水交織，滴落田土，喚醒了大地母親，母親的手是溫潤的土漿，厚實又綿柔，與自己的手、腳相互撫挲。

「我不知道這算不算愛？」

「如果這是愛，一切會變得很複雜，太難承受了，是嗎？」

「這不是愛，感覺到痛，怎麼可能是愛？」

「你有太多的愛，就給水稻吧。」

我聽到大地母親與我的對話，收起淚水，擦擦汗水和鼻涕，走回家裡。

我聽說了，有個女人向代耕業者下跪。女人想種植某特殊米種，此地少有，唯獨代耕業者R懂得該米種的育苗。R禁不住女人的請求，給了她秧苗。但之後的田事中，女人做出令R不快的舉動，R大發雷霆，拒絕來年再給秧苗，讓女人驚駭不已。

「彼个查某人跪佇塗跤嘿失禮。」R洋洋得意地說，我彷彿看見女人跪在地上道歉的愁容。

那個午後，夥伴C和我到R的廠房，他見著我們這麼說了。像在炫耀他的能力，又像在暗示我們乖乖聽話，才能得到他最好的照料。

整套代耕，包括育苗、打田、插秧、收割、烘穀、碾米，視代耕擁有的機械為何，包辦哪些業務。育苗可以是一項獨立產業，打田、插秧、收割，則多半由同一位代耕主責，也是代耕市場中較多人勝任的領域。烘穀與碾米亦是獨立產業，但少有能夠從育苗到碾米都包辦的代耕業者，R是其中之一。這除了需要擁有各不相同的昂貴機械，甚至廠房等建設資本，更重要的是得精通各項代耕技藝。這就是R驕傲的由來。

那期田事，我找了鄰近水田的代耕業者K而非R，來替水田打田、插秧、收割。代耕業者K較R的年紀小了近乎兩輪，工事未盡便暫歇，坐在田埂，差遣太太騎機車去買俗稱阿B的保力達B，又拿出電話吆喝鄰近代耕前來同飲。

想當初就是為了迴避與代耕業者R喝阿B，我才選擇種植與農事夥伴不相同的稻米品種。沒想到，我哪兒也躲不掉。每到農忙，代耕業者的權力和脾氣都特別大。過去，他們的代耕業務是以使用農藥、化肥，種植面積動輒幾甲、幾十甲的慣行農法為主，近些年友善耕作小農進駐，他們接受小農的代耕請託，只不過往往都是慣行農法的田事代耕為先，甚至到了最後，說工作做不來了，在打田在即、插秧在即、收割在即、烘穀在即之際，臨時放鴿子。這些我都遭遇過。

收割的時間提早，水稻生長未滿俗稱的一百二十天，大約只有八分成熟，稻穗還沒轉黃，青粒仔還多著。但剛下過雨的清晨，K就來收割了。因為找不到烘穀的代耕業者，夥伴C幫我請託R。稻穀運送到R的廠房，進入烘穀

機器裡，轟隆轟隆作響。R責備說，怎麼可以一大早就收割，露水還在稻穗上，這樣烘穀很費時。話說回來，誰能為我等待呢？一切農事都有時程，R的烘穀機剛好今天空出來，K今天早上的收割機剛好空出來。這片被我的淚水浸溽得太多，濕透一身的水田，帶著露水道別，也都只是剛好的事情。

在R的廠房，我巧笑倩兮，感謝他為我烘穀，直到他再度露出滿意的笑容。轉頭看看烘乾的稻穀從機器出口一瀉而下，進到麻布袋裡，我心裡暗自說著：「你們在水田裡的生命已經結束了，謝謝你們的陪伴。」

在這之前，我沒頭沒腦地對C說過：「我不希望自己是因為你的關係而讓R決定幫我烘穀。」她滿臉疑惑，說我的話分明就是假議題，根本不能成立。明明接受了對方的好意，我卻倔強地區分你我。明明是共同事業，我卻計較彼此分工的界線，清楚得像小學課桌上用立可白畫出與隔壁男生的分界。

每當計較彼此付出的公不公平，我總想對自己的吝嗇視而不見，卻把對方的一句粗心話，放大得好大聲，在心裡砰砰作響。

夥伴都說，我種的米種不好吃，不好銷售。這一刻，我才真正同理下跪的女人。她跪得合情合理，特殊米種眾人喜愛，這一跪換來好商機。我則心裡雙膝一屈，跪向無形的農村權力結構，賣不完的米還是賣不完。

愛，在你害怕的地方

我把一包自己耕種的米，帶上飛機，抵達尼泊爾。友人在首都加德滿都租了一層公寓，寬闊的廚房流理臺上擺著當地蔬食，還有從臺灣帶來的調味品，我的白米也加入行列。友人煮了一鍋香料咖哩飯，我們在陽光下享用。幾天後，我隨之離開加德滿都，前往近郊的山上農場。農場大夥兒的食量都特別大，往往白米飯占去餐盤一大半，加上天氣寒冷，熱飯不一會兒就涼了，吃飯速度因此特別快。沒有下田的日子，我吃不快也吃不多，不得不留下剩飯。吃過晚飯，飲用一杯烹煮過的農場新鮮牛乳，單純寧靜的一天就此畫上句號。身體尚在適應山上的水土，早早便入睡。夜半，眼睛被光亮給喚醒，是窗頭滿月的照拂！月光裡我睡得特別香甜，所有不適都在第二天起床後煙消雲散。

這一天是村裡首度舉辦的女農大會，婦女都盛裝出席，放眼望去，淨是紅色系傳統服飾，好一片盛放的女人花海，但仔細瞧瞧，粉紅、鮮紅、桃紅、紫紅……每一朵都與眾不同。

大會開始，一位女性起身，向每一位出席者的眉間點上紅色顏料的蒂卡。友人悄聲告訴我，這是由植物的紅色染料與米飯混合而成，代表為我們打開眉間的第三隻眼睛。輪到我點上蒂卡，還未感覺第三隻眼睛被打開的清明，當下只覺得一股黏著感，等到適應後，我開始融入滿堂充滿活力、充滿笑容的氛圍裡。心裡不禁對自己提問：那片水稻田，我究竟種下的是詛咒之米，還是祝福之米？何以我傷痕累累？

從尼泊爾回來，我離開了與務農夥伴共組的農家。以搬家、尚未安頓為藉口，在緊接著的春耕，放棄租賃水田種作，其實是想離水稻遠遠的。三年來的農家生活，經歷五期耕作，水稻與我之間愈來愈緊密，我視它為孩子，為它牽掛、焦慮、操煩，背負著讓它長成符合旁人眼光的責任，我勤奮地抓螺、補秧，追求一株稗草也沒有的完美。但有些時候，它又是大地母親，撫慰我這個受傷的孩子，任我在它懷裡哭泣，任我在那裡失誤、犯錯。但這種耕種關係和心情，緊迫得讓我想逃。我切心疼愛而生出滿溢的情感和期待，為它受人喜愛或嫌棄而喜悲；因對它的占有而與夥伴區分你我。

「這算不算愛呢？」

「我感覺到在這當中的苦痛，怎麼會是愛？」

「你看看這豐收的水稻，你的愛有多豐盛！」

為了養身體的菌相，我才又種植水稻。米麴菌，是一種存在於大自然的菌種，發酵的過程中，空氣裡的米麴菌就自然地降落米飯上。因此，環境裡若布滿豐富的米麴菌，對於發酵就特別有利。我逐年搬家，實在沒有匯聚米麴菌的空間條件，心想不如就在自己身上培養豐富的菌相。

和女農H留下了穀種，穀雨前夕，以鹽水選種，並且浸泡在湧泉，直至發芽。在水田裡，隔出一小塊秧床，以耙子充分擾動田土，形成柔軟的土漿；做出秧床的床堤與溝渠，以利田水流動。待土漿沈澱後，均勻播上發芽的穀種。又從山坳裡鋸下竹子，劈成半，彎成拱形，搭造棚架，鋪上紗網。秧苗逐日茁壯，鬱鬱蓊蓊。春分，鏟下秧苗，三五株一撮，親手栽下。蹲下、彎腰、插秧、起身、後退。周而復始。後退、蹲下、彎腰、插秧、起身。

田事逐日展開，除草、除草，還是除草。我沈浸在水田裡，只感受到日曬與身體勞動的汗水、雨淋的雨水，不再有淚。我與水田都是沒有母愛綁縛的孩子，也是沒有母愛羈絆的母親。我們相逢，但互不相屬，我所做的一切，都是天地暫時的包容和賦與，有一天田地會交還給別人，有一天別人也會交

還給天地。那顆鮮紅、黏呼呼的蒂卡，為我開啟了第三隻眼睛，在我心裡顯化的提問，終於看見了回答。要做天地間自由的孩子、自由的母親，種出祝福生命的米。

「看看豐收的水稻，你的愛有多豐盛！」

「你害怕去愛，就看不見愛。」

「愛在那裡。在你害怕的地方。」

我一如往常地發酵米麴。將一年前的稻米，蒸煮成七分熟的米飯，日曬至有點乾、不完全黏手後，收攏在竹篩上，鋪上埔姜，一種傳說用來幫助米麴接菌的常民植物，再覆以棉布、棉被，靜置發酵。

每當發酵溫度上升，發酵的米香和著埔姜的香氣，好似林間的姑娘，溫熱的體膚上散發一身走過、拂過植物的氣息。昨日還是稚嫩的白麴，今日便有了黃麴的活潑和綠麴的靈動。在鄒國的語彙裡，米麴是開在米上的花。

埔姜是我從梅花湖、丸山遺址山腳下採集得來，它們依傍農人的菜圃而生，生長速度快，身形頎長，莖葉柔軟不帶刺，是極佳的圍籬，盛夏時會開出紫色的聚繖花序，就像孩提時畫的花朵。後來，我山坳裡的院落也種埔姜，除了用作接菌發酵，也採來曬乾，綁縛成束，以便秋冬季節，月事來到的夜裡，煮埔姜熱水沐浴，為身體穿上一襲舒緩的香氣。

曬乾的豆腐角排進玻璃瓶中，澆灌已經攪拌勻稱的米酒與砂糖，最後加入一勺日曬乾燥的米麴，開始等待一個季節的發酵，熟成入口綿密的豆腐乳。那時，山坳裡的日常細雨綿綿，抑或東北風來襲，吃入一口一口藏在豆腐乳裡的陽光，心裡就能不畏雨、不畏寒。

很久，沒再祭祀田頭土地公。一如兩河文明的塵眾，徒手捏塑出女人土偶，肥沃的雙乳、寬闊的臀、堅實的腿，相信著女神護守土地、看顧農作、庇佑生靈。我的發酵世界，是女人陪同我掌握了留種、育種的技藝；是女人引領我採集用作接菌的植物；也是女人為我揭開發酵的奧義，在那肉眼不見的領域，以女人的身體和感官領略稻米的生、稻米的滅，經歷發酵，重生米麴。

收藏

女同志也怕老、怕死，想要一個家

一甕甕漬物，靜靜吸收一個家的氛圍，
形塑它的滋味，
照看與陪伴著我們的日子。
如果漬物可以開口，
它一定能娓娓道來屋子裡每一天的故事。

我心頭經常浮現搬家、人去樓空的景象。回望自己住過的房子裡曾經的經歷和情感，總感覺有一片自己遺落在那裡。

猶記得某個夏日，我從一間與一對女同志伴侶合租的公寓搬出來，我明白是我被討厭了，二房東的她們謅了一個房子要賣的謊言，要求我搬。彼時的我沒有做漬物，亦不曾添置家具，除了幾件鍋具、小家電外，一個人搬家還堪打發，彷彿回到當年大學學期結束，交寄貨運公司託運了行李，人就能自在地移動至新地點。最笨重的行李反而是我的心情。坐在新租賃的雅房裡，絲毫沒有心思打開行李整理。友人T媽媽剛巧來電，她正愁搬家沒人幫忙打包。她是一位有著孩子的女同志。我擱下自己的事來到她家。一進門，見她坐在客廳椅凳上抽菸，一籌莫展，說她一個人什麼也做不了。等她抽完菸，我幫她將散落一地雜七雜八的東西、孩子的玩具汽車，一一收進箱子。

曾經，我和同運夥伴經常在T媽媽的客廳裡進行讀書會，以及成長團體、志工培訓。和夥伴在煙霧氤氳裡，讀著國外的人工生殖、同志家庭議題，對當時的我們來說，一切如此新穎，殊不知島上早有女同志如此這般養兒育女好些年了。

身為同志的不輕鬆，在於年少時會擔心女朋友某天愛上男孩，棄自己於同志路上孤苦無依；長大了，自我認同逐漸堅定，卻不安於中壯年成家、老年生活將何如。那是無聲無息且空白蒼涼的膽戰心驚。我身邊沒有白頭偕老的同志伴侶，電視上也沒有，而書上的同志則不是悲情就是自殺，我無從想像未來的自己，為此開始參與同志運動。

像T媽媽這樣的前輩女同志，向我展現了女同志中壯年、老年的模樣，足以讓我嚮往未來與女友共組一個家庭，用人工生殖生下孩子，與同運夥伴帶著孩子上街倡議平權，在生活裡實踐同志教育。那時的我充滿激情，以為自己離不開同運夥伴，嚷著哪天來組同志社區，大家相互陪伴到老。我沒想到的是，有了女朋友，成了家，還要花上幾年磨合、穩定。至於同志社區，從來沒被畫進我們各自的人生藍圖裡。

從十七歲的第一場戀愛開始，我就想與女朋友成家，十幾年來卻沒有真正實現過。踏入職場，我離開老家北上工作，更有成家的念頭。如果現實條件不許我與女朋友同居，我可以退而求其次和同志友人分租公寓樓層。我在一個女同志網路聊天室看到分租公寓消息，約看房子那天，她們正巧有女同志友人來訪，在客廳裡談天說笑，令我想起與同運夥伴在一起的情景。我立即簽了租約。

被藉口趕出去，是我第一次對女同志家的夢想破滅。這說法又太過了些，嚴格說來，充其量那只是女同志共同居住的空間罷了，並未容許自己的內心被深度理解，彼此缺乏家人般的安定與信任，還不能算是家。

聽說已經淡出組織的友人J和女朋友組成了多人家庭，兩對女同志伴侶、一位單身女同志、一個孩子。大家都說著它的好，說它會是同運更進一步的實踐。於是，一起甘苦多年的夥伴開始相互探聽，尋找可能的對象。C問我要不要一起去種田，組多人家庭。我猶豫著。儘管之前曾意識過同志社區，但我想像的是與女友為一個家庭，加上其他同志友人各自的家庭，形成的社區型式。我不曾想過與女友以外的人組成家庭。

自古人類依大河而居，土壤肥沃，生命在此彼此餵養。我願意與人一起種作，也從不遲疑這件事。但在水泥叢林裡久了，我對與人一起共居、對家的想像也刻板化，而生命的流，就在此時沖走了僵化的版築。

工作上的關係，我來到一幢土房子，由黃泥土、小砂石、碎稻桿，土磚、木材，親手打造。土房子散發著質樸沈靜的土黃色，像夜裡最不閃爍的那顆星，指引方向。倘若我嚮往與土地共生的家，那麼我早該往理想的家上路。

而立之年，兼顧工作、生活，又忙碌於同運，蠟燭兩頭燒，頻頻讓我萌生退意。我想在自己的生活所在從事同運，避免再舟車勞頓奔赴台北。以務農為核心的同志成家，對我而言正好是個解方。在C換工的菜園工寮裡，一種進步的同志家庭發芽了，C很快地召喚了E與D的加入。

這個基地擁有自然韻律的美，竹圍籬與萬壽菊相伴。二月收成豐美的茼苣；三月苦楝傳來清香；四月油桐花灑落一地；夏天盈盈水稻，秋天遍地野薑花。貓頭鷹在山腳下的林梢，一聲一聲夜啼，兀—兀—兀—兀—。

成家計劃之初，每週五晚上是家庭聚會，就在D租賃的公寓裡。許多夜裡，太多的紅酒，陪我們討論一個全然未知的家庭模樣。酒，始終為我壯膽、陪我忘情，同運的日子裡，經常喝的是啤酒；同志成家，貪杯紅酒。

但，我的女友並不滿意我組成這個同志的家，與我起了爭執，我連帶也與其他家人之間發生摩擦，任性說了要離家。C直截了當問我，「你要離開這個家，不要繼續種田；還是你要離開這個家，一起種田？」我要留在這個家，也要繼續種田。這是我最後的決定，為了同志運動。

但我沒來得及再與家人重建信任，就因為基地缺乏可長久經營的安定感，忙於揮別水田和菜園工寮，打包行囊，搬赴D的家鄉務農。我處於矛盾，沒有真的想與夥伴成為家人，卻為了同志運動又再說服自己練習經營一個家庭。

「安土敦乎仁，故能愛」，我聽說了這句話。人懷抱著對種子發芽的期待，種下了植物，收成了農作，對土地起了安定之心，而能親愛彼此、互助彼此，於是乎有了人與人相處之道。在宜蘭的農家，也有了維持一個同志家庭的日常，在內公平地分攤經濟、分工家務；對外出櫃、進行同志運動。

我接手第一塊由自己管理的水田，代耕業者的太太隨同丈夫來打田，見我年紀輕輕就來此處種田，調侃我「宜蘭的土很黏人喔」，我以為這是宜蘭人常說的話，因為雨水多的緣故，水遇上土，容易產生黏著。後來，在花蓮也聽說「花蓮的土很黏人喔」，才知道這話哪兒都能用。人有了牽繫，故斯土有情。就像漬物發酵著了菌，菌絲依附食材一般，對土地有了情感，人的雙腳就會像長出了根系，緊緊抓住土地。

忙完春耕插秧，青梅也轉黃了。過去我從不做酒，就怕成了搬家時負擔過重的行囊。如今我感覺自己不再輕易移動，遂完成生平第一項漬物，一甕梅子酒。一開始，採買了米酒、冰糖，但比例該如何，一點頭緒也沒有。食譜網路上應有盡有，但我想念的是前同事的梅酒，便打了電話詢問，原來一點都不難，更可說簡易得過頭，難得的是時間。初次製作，頗有野心，將大量的材料載回家。山裡野放的梅子，清洗、去蒂、陰乾、入甕。一層冰糖一層梅子，最後灌入與梅子等比例的米酒。

一大甕沈甸甸的梅子酒，靜靜坐落在櫃中。甕裡小氣泡升騰，熱烈地發酵，沒多久，所有鵝黃色、圓滾滾的梅子都漂浮上來了。日子一天天過去，梅子慢慢沈降，轉成黃褐色，沈浸在甕底。

春天過去，甕裡的酒精還未完全提煉出梅子的精華，帶著嗆鼻的酒氣。夏天過去，梅子與冰糖全然釋放出滋味，包裹住酒味，帶著香氣的甘美。若能熬得住心癢，等待隔年春天再飲用，始得醇厚的馥郁徘徊舌上。

一甕甕漬物，靜靜吸收一個家的氛圍，形塑它的滋味，照看與陪伴著我們的日子。如果漬物可以開口，它一定能娓娓道來屋子裡每一天的故事。

時間讓漬物累積醇厚的滋味，只要發酵沒長出壞菌，其實都不算失敗，身體和環境的菌相都可能左右發酵食的滋味，好不好，端看自己愛或不愛。偏偏付出心力、給出時間，我對這個家卻累積不成愛。

做同運的理想，大過我想彼此成為家人的真心；在乎事情可以引發多少

注目，計較付出與獲得公平不公平，卻連彼此一天過得快樂不快樂，都不知情；打開家門，迎來更多打工換宿，卻對彼此封鎖心門。E決定要離家了，我心裡沸騰著，焦急地想挽留，但躊躇著離家的我，又有何立場呢？到口的話都成了蒸汽，煙消雲散。E的房間空了下來，留作打工換宿者使用，後來也成了我夏天的發酵間。

某個夜晚，C要我去酒櫃上挑瓶酒，我拿了瓶酒精濃度高、入口微甜，後勁辛辣的西洋酒，摒除櫃上親手釀的水果酒。C自顧自喝了一大口。「喝酒要大家乾杯才能喝，不能自己一個人喝掉。」我想起同運組織共事時，一個聚會上，她拿起啤酒杯撞擊我剛喝了一口才要放下的啤酒杯，這麼說。

「我覺得自己的心失去一種主。」從往事回過神，我說。

我沒把原因說出口，因為E回家鄉了，我也打算和城市的女友分手，更想著要離開這個家。一下子要和這麼多人結束關係，令我不知所措。在這個家庭，每個人都必須獨當一面，不能仰賴別人為你作主，也不干涉對方的決定。我終究得再次抉擇了。離開這個家，也不一起種田，更和住在城市的女友分手，我最後這麼下定決心。

不多久就要春耕了，一年四季的漬物節奏也在想像中了，我雙腳在這片土地裡的根系已夠深了，如何說走就走？於是說好了，春耕後，做完梅子酒、破布子、醬油與豆腐乳，收割稻子，到秋季才離家。D說，當我提出要離家，她突然感覺那位來打工換宿，已經住上兩個季節的X，才是不會離開的人。

總是喝著五十八度高粱酒，醉醺醺的X，老是說想死，寄人籬下，身不由己，後來卻在一個最寒冷的日子裡，捎來電話，說她的朋友要帶她回城市了。X問我要不要回家晚餐，她想再煮一次我誇讚很好喝的甜玉米白蘿蔔湯。甜玉米和白蘿蔔，都是X去C的菜園裡幫農的收穫。我謅了不會回家晚餐的藉口。「那好吧，再見。」她帶著一貫無所謂的口氣說。我再沒見過X，也不會有機會了。她翻譯的傳記，是我十七歲時買下的第一本與同性戀有關的書。

農事繁忙，每一天都變得又慢又長，但也終於到了離家時候。做完最後一件農事，把自己耕種的賣不完的米交由酒廠，代工蒸餾成米酒。紅酒，恰巧位在我成家的座標上；米酒，座落於離家。成家與離家之間，交錯著其他酒，還有酒的料理。

當時，我的料理經驗乏善可陳。在老家，父母不讓我有機會料理，我為女友做過幾次便當，還都趁著母親出門不在的時候。但即使下廚少，我仍然清楚知道自己對料理具有熱情。踏入職場，在外租屋，我更常為自己下廚。半夜裡，嘴饞想吃紫米桂圓飯，全憑直覺將紫米、白圓糯米煮成八分熟，拌入砂糖、桂圓與米酒，繼續熬煮至米心熟軟。多數的菜色也都是這樣信手拈來，直到同志成家，耳濡目染學會了彼此的手路菜。就這樣，我的料理手法，交流著老家父母的，成家夥伴的，務農朋友的，打工換宿客的，加上自己的。常常一邊料理，一邊記起這是誰的點子。想起D的生菜沙拉，淋上她旅行帶回的紅酒醋，滋味曼妙；也想到C的三杯，一杯醬油、一杯砂糖、一杯米酒，和一大把九層塔的濃郁和豪氣。

從來不諳下廚的E，離家前的某個早晨，在廚房裡料理，X和我坐在餐桌前，靜靜望著她的背影，像是看著電影屏幕。薑片在油鍋裡爆香，雞肉在鍋裡翻炒，痲油薑片香氣，與雞肉的脂香，都被揮發的酒精給帶入空氣裡。

我回想起E在粉刷宜蘭的租屋時，用手指沾著剩餘油漆，在牆面畫了四個小人，頭身比例奇異，筆畫稚氣，背景的星星點點，好像山頭，又像秧田。這段生命故事，或許不夠圓熟，但過程中確確實實付出人生、用心交陪。

離開這個家，心情不同於那年離開與女同志室友合租的房子。家，是房子和人加上承諾形成的關係。離別愛情關係，叫分手；結束婚姻關係，叫離婚，而我離開的這種關係，卻沒有任何名字得以安放它的悲傷，或者自由。彷若一陣潮水湧來，撫平了沙灘上的足跡。

我用帶走的米酒，來年春天做成梅酒，等待時間醞釀自己。我酒量不好，一杯就微醺，兩相情願，就能淺淺的一直喝下去，一甕梅酒還不來及喝完，冷不防梅子季節又來到。但我不會再躊躇：「今年做不做梅子酒？」因為流逝的時間裡，只有這件事得以安定我，儼然已是生活落地生根的一種儀式。

一塊田，安置女同志的魂舒

撫摸不到情人的身體，
原以為自己不再擁有給予柔情和溫暖的能力，
孰知心裡的爛傷經過升溫、發酵，
慢慢變成了深黑的腐植土壤。
我把渴望與誕生再次種下、澆灌、收成；
用手料理田裡的收穫，餵飽自己，整頓靈，長出肉，
療癒了我的魂舒。

我做田還戴著手套，較之多數農友顯得秀氣，其實插秧、搴草時，淤泥還是從棉布手套縫隙滲入，弄得滿手髒污，尤其卡在指甲縫隙，最是礙眼；而終日浸淫在田土裡，腳指甲更染上土褐色，久久不去。雙腳套上襪子、鞋子，就不見土里土氣，倒是雙手總要仔細剪去難以洗滌乾淨的髒污。對女同志來說，手是最重要不過的部位，因為以手為指引，才能潛入情人深邃的身體。

戀愛以前，聽了兩位高中同學的對話教我開了眼界。

「喂，女同志是怎麼做愛的？」同學突然問。

「用手啊！」另一同學毫不遲疑地回答，她是從漫畫和言情小說裡獲知的。

那時同學打算追求別班的女生，對即將成為女同志很好奇，總是提問。茫然如我，則一旁安靜聆聽的份，但對兩個女生之間的身體欲望，也非全然無察，只是當時年紀太小，沒有真正意識到什麼。

那是我的小學同學，某日午睡時間，要我伸出手掌，在我指甲上、手指上玩起遊戲，我趴著假寐，感受手指被仔細按摩的溫柔，偶爾則彷彿觸電般的興奮。接下來換我以同樣方式遊戲。她的手指白皙頎長，我想像它們在鋼琴鍵上輕快躍動的模樣。我們相互樂此不疲。有次我夢見自己把頭枕在她的大腿上，凝視著她。

此後，我沒再對任何女生甚或男生有過身體上的想望。同學總是八卦著彼此喜歡哪個男同學，輪到我，總隨口謅了一個班上男生的名字。到了高中，沒有男同學的環境裡，常常聽同學說哪個學姊長得帥氣，甚至硬拉著我去欣賞。也頭一回聽說，同學對喜歡的女生有寫情書的衝動，還有擁抱和親吻的欲望。

但同學並沒真的和女生交往，她後來的話題主角換成補習班男同學，倒是我和初戀女友陷入了情網，我們經常至鄰近的大學圖書館讀書，有個夜裡，兩人散步至球場草地上，她的手像隻魚從我黑色裙底下游了進來，撫觸大腿，棲息胯下之間，我的身體興奮地顫動，貼近著她。

之後，我們食髓知味，宛如兩隻貪婪無饜穿著白衣黑裙的獸，開始在放學後漆黑一片的教室裡，探索彼此的身體。她不再只滿足手指徘徊我雙腿之間，而是穿越我的底褲，進到我身體裡

進入身體過後的手指，殘留著不同於身上其他部位的氣息，教人興奮。白天看著她的手，即使指甲剪得短短，仍不減修長的比例。相較我的手掌，比她小上許多，看起來稚氣。夜裡，我學她在她寬闊的背上撫挲。她厭惡自己女性的器官，也是我的手未曾到過的禁地，唯有如草原遼闊，像田土厚實的背，是我抵達初戀女友最遠也最近的地方。

離開家鄉讀大學，第一次離得這麼遠、這麼久，也這樣自由。熱戀的我

們，盼望著離開六人宿舍，在女友與人分租公寓裡，窄仄的房得以關閉房門，竟就讓我有種長相廝守的興奮。但經濟尚未獨立，生活談何容易，樣樣開銷累積起來，每個月莫不捉襟見肘，只有做愛是免費的，我們熱烈地享用。

某天，來到公寓樓下，她說不讓我進去了。一切來得措手不及，我回到宿舍裡，整個身體埋入棉被底下。那是屬於我自己的房間，也只有我聽得見心裡的嗚咽與啜泣。而我甘願每晚潛入自己的心房，維繫如此的感情關係，經過好幾回的春夏秋冬，直到務農這一人生階段。

我的一雙綠手指，開始於陽台盆栽，涉足的地方愈來愈遠，來到菜園、水田。初時走在泥濘的水田，憂患跌落，每每舉步維艱，然而總感覺心底被它召喚，不忍輕易爬上田埂。在瀲漾的水光中，照見了頭戴斗笠的影子，才明白雙腳踩踏的，眼睛所及的這一方田土，就是我自己的化身，它引領我直視自己不敢觀照的傷口——我把傷痛深埋心底，爛成一片，已然發酸、發臭，想像那裡萬蟲蠕動啊蠕動，心底愈是害怕愈拒絕撩起來看。只有田土容許自己的爛臭，也不畏展露自己最讓人不快的一面，甚至引以為傲，嘲笑我的矯揉造作。我不甘示弱，走下田去，也弄得渾身污泥，汗水淋漓。

唯獨手指，我怎樣也難以接受從田裡起來，洗淨一身後，手指還帶著髒污。這進入身體的手指，得維持平整潔淨，所以，棉布手套成了我做田的必要配備。初始，在假日農園裡種菜，乾爽的田土還容易處理，加上我更多時候是在廚房張羅飯菜，弄髒手指的機率並不高，換成種植水稻，水挾著田土滲入，即使戴著手套都防不勝防。

最挑戰的莫過於撿螺後的手指，烏漆墨黑且臭氣薰天，幽微的腥味還會藏匿在指縫。春耕以前，經日忙著在水田裡撿拾福壽螺，否則插秧後，幼嫩的秧苗在福壽螺眼裡秀色可餐，軍團一發動不一會兒就被摧殘殆盡。地方政府獎勵撿螺，不愧福壽螺別名金寶螺，秤斤論兩換得金錢，我也竭盡所能地撿拾。但我滿心厭惡，見牠們飽暖思淫欲，螺群交疊憩息在田溝裡，便憤而抓起，硬是要掰開牠們。只見公螺的生殖器緊緊伸入母螺體內，即使我使力扯開公螺，丟入水桶內，沒多久就集滿一桶正在男歡女愛的螺，又繼續生出粉紅色的卵泡，滿覆田埂上、秧苗上。

在奮力與福壽螺拚搏兩個春天後，終於不再陷入人螺對立。我留下了去年的穀種，在春天育苗，待秧苗長至個頭壯碩再親手插秧，這麼一來，較之機械耕作使用的秧苗強健許多，讓福壽螺難以入口。雖然免不了還是有些得獻祭福壽螺的五臟廟，但犧牲比例較之那兩年奮力抓螺後的結果，不相上下。手指少了染上螺味、髒污的機會，更慶幸我也不再起殺戮心，田事恢復安寧。

手指拂過飽滿的稻穗，平靜了我的心。撫摸不到情人的身體，原以為自己不再擁有給予柔情和溫暖的能力，孰知心裡的爛傷經過升溫、發酵，慢慢變成了深黑的腐植土壤。我把渴望與誕生再次種下、澆灌、收成；用手料理田裡的收穫，餵飽自己，整頓靈，長出肉，療癒了我的魂舒。

魂舒，是宜蘭閩南語「身體」的講法，洗澡講作「洗魂舒」。比起我老家說的「身軀」，魂舒更有畫面感，彷彿看得見熱氣氤氳中，人的神魂體魄在復甦、放鬆了。

沐浴在土地中，我的魂舒漸漸舒長，從手指延伸向上，得以緊緊倚賴的臂膀；扎根土地裡的一雙堅實的腿，與充滿泉源的臀部，流貫肚腹，直達豐盈可餵飽生命的乳房。我的女友R直接從我已然安頓了的魂舒得到療癒，做愛的時候，我自覺是尊大地之母。

R的愛情際遇一直很悲情，與我交往之前，塔羅牌占卜師曾預言她會遇見一位心靈力量強大的女人，當下她並不寄望，畢竟情路不獲上天垂憐太久了。彼時我尚在水田裡療癒自己，兩個季節後，我們慶幸彼此相遇這時候的自己，但每每做愛過後，並躺在床、舒坦著肚腹的兩頭動物，還是會聊起那些尚未結痂的傷痛，互相舔舐。而我總會在心裡提醒自己，不要耽溺這樣的互相安慰，我們不是彼此告別過去的浮木。

和R是遠距離的戀情，每每見面不見得能避開生理期，若坐落於新月，我的身體需要清理思緒，安靜休息，那麼只需牽手睡覺也滿足；倘落滿月，則牽引R與我欲望的潮汐。冬日，太平洋的風把房子吹得天寒地凍，R毫不避諱在我生理期時，以手指與我同航，進入我溫熱濕溽的港埠。

不與田土廝守的R，毋須仰賴大地之母，揚起自己的帆，離開太平洋，棲居海峽一邊的港口。而我依舊守候著田，守護著一甕甕漬物。

我一身土氣，不懂蔻丹染指的美意，卻不排斥漬物不經意把手染色。做漬物時，手指經常染上農作的色水，採擷桑椹，是黑紫色；做青醬時，因為香椿氧化成了黑褐色；剝除洛神葵籽，被沁出的汁液染得桃紅……手指頓時也撩人了起來。它進入情人身體，既是私密隱諱，卻又表露在外，提醒著我去愛、去撫慰、去給出能夠帶給自己和他人的愉悅。

我做著漬物，總不自覺想像那是女人的身體，在我綿軟按揉的力道下，為漬物「做魂舒」，添佐香料，按摩著，也揉進手上的菌相，與愛的滋味。

滿月時的生理期，我把全部欲望貫注到漬物的創作樂趣上。冬日的滿月，做韓式泡菜，慢條斯理備妥若干食材，該切塊的，該切段的，該刨絲的，該磨泥的，該鹽漬的，該壓乾瀝水的，不能急躁。

主食材大白菜，得挑選東北品種，才能做出該有的脆度。大白菜切得大器，白蘿蔔則中規中矩，兩相以鹽醃漬，壓上重物瀝出水分，如此過一夜。白菜蘿蔔，沁出鹹水，熠熠生輝。主角有了，再來是配色和調味。火紅色的泡菜，以深淺有致的綠色畫龍點睛，分別是深綠、鮮綠、淡綠的韭、蔥、蒜。

刨成絲的紅蘿蔔，輕抹淡雅。調味的食材，除砂糖之外，蒜頭、老薑、蘋果、水梨，磨製成泥，若食葷，再酌以魚露。韭蔥蒜之間，蒜頭老薑之間，須求取比例恰到好處的平衡，以維繫泡菜的色與香與味。最後，注入靈魂——韓式辣椒粉，紅艷的色澤，內斂的辣度，以熱水沖開，韻味四散；煮上一團糯米飯糊，作為發酵的引子。萬事俱足，所有食材與調味在盆裡的滾滾紅塵中相遇。

高漲的欲望，我以拘謹的韻律釋放，緩慢綿長地搓揉，讓鮮麗的辣椒粉附著食材，讓糯米飯糊產生的黏著感牽連彼此。愈充分糅合，愈見濃稠豔紅，手指之間包覆著溫潤與濕溽，每每令我聯想到與女人做愛。氣溫十幾度的隆冬裡，我把泡菜收藏在圓潤肥厚的黃土灶裡，靜待發酵。一個星期過去，泡菜發出了酸味，和著清新的辣，再把它收藏進冰箱，低溫裡慢慢發酵，在接近下個月圓時節，它便會發酵至醇厚的酸度，適宜熬煮湯頭。

在大白菜產季邁入尾聲以前，我一次一次撫挲著泡菜。冬日裡和泡菜這一罈「女人」做愛，喝著泡菜鍋，暖了卵巢、熱了子宮；待迎來春天，就去和田土那「女人」做愛。

泥地漬虹 / 陳怡如著 . --
初版 . -- 臺北市 : 大塊文化 , 2019.01
面 ;　公分 . -- (smile ; 159)
ISBN 978-986-213-944-8(平裝)

855　　　　　　　107020781

LOCUS

LOCUS

LOCUS

LOCUS